作者简介

樊忠慰，1968 年生于云南盐津县兴隆乡。中国作家协会会员。创作诗歌 2300 余首。出版诗集《绿太阳》(2001)、《家园》(2011)、《雏鸟》(2012)、《渴死的水》(2013)、《精神病日记》(2016)、《冥想与咏叹》(2019)、《虚名与诗》(2019)。有诗被央视《百家讲坛》和云南电视台录播，并被译成英文、俄文、德文。有诗入选中学校本教材、大学语文教学及各种选本。参加诗刊社第 14 届青春诗会。曾获鲁迅文学奖诗歌提名、云南文艺基金奖、云南文化精品工程入选奖、《诗刊》提名奖、《边疆文学》奖、《云南日报》文学奖、云南作协滇东文学奖、昭通市文学奖、云南省文联德艺双馨奖、高黎贡文学节主席奖、王中文化奖以及作品入选 2013 年滇版十大好书榜等。

通联：657500　云南盐津一中

电话：15974887023

—樊忠慰诗集—

说或不说

【樊忠慰◎著】

云南出版集团
云南人民出版社

图书在版编目（CIP）数据

说或不说 / 樊忠慰著. -- 昆明 ： 云南人民出版社,
2020.2
ISBN 978-7-222-19103-7

Ⅰ. ①说… Ⅱ. ①樊… Ⅲ. ①诗集－中国－当代
Ⅳ. ①I227

中国版本图书馆CIP数据核字(2019)第287317号

责任编辑：苏映华　刘　焰
创意设计：熊小熊　李乐乐
责任校对：姚实名
责任印制：窦雪松

SHUO HUO BU SHUO
说或不说
樊忠慰　著

出　版　云南出版集团　云南人民出版社
发　行　云南人民出版社
社　址　昆明市环城西路609号
邮　编　650034
网　址　www.ynpph.com.cn
E-mail　ynrms@sina.com
开　本　889mm×1194mm　1/32
印　张　11.125
字　数　100千
版　次　2020年2月第1版第1次印刷
印　刷　昆明精妙印务有限公司
书　号　ISBN　978-7-222-19103-7
定　价　49.00元

如需购买图书、反馈意见，请与我社联系
总编室：0871-64109126　发行部：0871-64108507　审校部：0871-64164626　印制部：0871-64191534

云南人民出版社微信公众号

目　录

001　露水的哑巴
002　情　缘
003　想　念
005　草根的虎皮
006　舍　利
008　如　氧
010　园　丁
012　心　声
014　心灵的呐喊
016　在路上
018　炼狱的病人
020　若有思
021　草尖的哭
023　木桶与海水
025　怪象或童谣

027 网与根
028 印象或感觉
030 躁动的夜
031 思维：病与火
033 3.20 抒情
035 怀　想
036 心灵的坟
037 石头抒怀
038 轮回与天堂
039 含　露
040 暗与光
041 感悟十六行
043 种　子
045 井　蛙
046 梦语十四行
048 臆　想
050 心　迹
052 说或不说
053 碎　语
055 诗与论

02
说或不说

057　诗　言
059　叙　述
061　戏　作
062　植物人絮语
064　爱之惑
066　灯　盏
068　权　力
069　真　话
071　乳　汁
072　炊烟深处
074　诗　骨
076　风　语
078　吸　毒
079　蜜蜂与爱
080　回　味
081　变　脸
082　谣曲：婚床
084　疯人抒怀
086　四　行
087　时　尚

088　海滩的蚂蚁
089　记　忆
090　自　语
092　乡　愁
093　自　恋
094　乡村写作
096　身边或远方
097　爱　恋
098　蝼蚁和露水
099　健康与残废
100　戏　台
102　咒语喧哗
104　汉　子
106　洁
107　骨头敲碎黑暗
109　默　哀
110　蜗牛与蚕宝宝
112　虫　鸣
114　骨　立
115　峡谷梦语
117　诗十二行

118 字
119 感　叹
121 香　火
122 生活或幻象
124 鬼节来了
125 一切皆虚无
127 鸟笼内外
128 小黑蛇
129 星　汉
130 歌唱或再现
131 自　语
133 遗　憾
134 练　笔
135 顿　悟
136 月光情诗
137 思与悟
138 春天抒怀
140 圣　火
142 山与人
143 丑人吟
144 花与美

145 迷　恋
146 闲　话
148 人　性
149 思　绪
150 心　澜
151 百年人物
153 庙　坝
154 为谁活着
155 散　记
156 空镜子
158 泉
160 幻
161 领　袖
162 叹　息
163 蛙　言
164 虚妄的话
166 太阳滴血
168 蛙　鸣
169 泥土梦
170 诗与梦
171 把星光留给黑夜

173 怀　想
174 血　性
175 空酒杯
176 心　跳
177 谣曲：风景
178 蜜　蜂
179 咏　叹
181 梦　诗
182 庄之蝶
183 赞　美
184 春天你早
185 尿　罐
186 我　说
188 云与风
190 情　欲
191 爱　人
192 沉　默
193 精　变
194 幻　影
195 误　会
196 重阳诗

197　荒　原
198　情　语
199　帆　影
200　诗与爱
201　暗　语
202　铭　刻
203　大　浩
204　文　笔
206　一生爱
207　草　根
209　时光与爱
211　朝鲜美女
212　苹　果
213　疯人与幻觉
214　断　想
216　愿
217　自　语
219　浊与净
221　祈　愿
223　双胞胎
224　释　放
226　想

227 活　水
229 心与爱
231 艺　术
232 恋
233 和　尚
234 鸡年诗句
235 家
236 树叶和鱼
237 炒　作
239 呓语十二行
240 人的自语
242 红　尘
244 慨　叹
245 细　浪
246 冰峰的火焰
248 晚　霞
249 宽　恕
251 文　友
252 春来了
254 爱的圣洁
255 感　悟
257 无题八行

258　烦　恼
260　害　羞
262　石头煮海
264　春　雷
265　随　笔
266　命
268　野兽或顽石
269　现象或本质
271　虫鸣像诗人
273　陶：哭或笑
274　创　作
276　美丽的城堡
277　爱
278　小　我
280　杂　感
282　玫　瑰
283　最最最
285　青铜的脸
287　磷　火
288　虚构的话语
290　潮　湿

291 读史有感
292 心　得
294 冶　炼
296 九行树
297 颂
299 江　湖
300 暖与光
301 这世上
302 穷病之思
304 心灵独语
306 杂　感
308 祝福或祈祷
309 奴才与狗　垃圾与诗
310 姿　态
311 萤火虫

露水的哑巴

母亲墓石上的蜗牛
它要远行　像在找妈妈

清明的风吹白头发
和母亲坟前酡红的山茶

亡灵在天国俯瞰人间
弟弟，我与小侄女同跪拜

酒菜与香蜡也在祭奠
活着或死去　听见蚂蚁针芒的叹息

母亲走了　母亲还在
怀想与思念　如露水的哑巴

情　缘

我会在哪只船上　掬你的流水
你又在哪根草尖　等我的骏马

新郎欢笑　情欲的花
吹亮爱的灯盏　拂动夜的面纱

炊烟诉说　天使的童话
干净的露水　害羞了

如果繁衍不能战胜死神
凭什么可以永恒

星空大喜　仿佛神灵的婚嫁
艺术和爱情　有了家

想　念

春节的鞭炮响成纸屑
有人在想念逝去的妈妈

触摸冰冷的古墓
仿佛拥抱妈妈的亡灵

坟前的山茶树开花
像妈妈一朵朵微笑的叹息

妈妈走了　像玉米吹熄云烟
像尘埃落入尘埃

慈爱的夜　萤虫忽闪
打开妈妈干净的蚊帐

我会在哪一个轮回
再次遇见您

还做您的儿子

还叫您妈妈

草根的虎皮

草根的诗歌　露水里笑
拒绝鸣虫的忧伤与哭嚎

奴性如阴险的皮鞭
抽打卑微而高贵的羊羔

万物恍若时间的祭品
人是神的毒药与味精

网罗张嘴　兽类奔逃
落日的火把　涌动天空的浆血

大地啊　生长一切又埋葬
无论厚薄　都是生命的胎盘或坟茔

鸟如灰飞　森林吹绿翅膀
咆哮的囚笼　披着虎皮苍凉的霞衣

舍　利

我是兽　山水给我的善
似乎比人给我的多

我是羊　屠刀给我的恶
远比冰块给我的残酷

我是天空　晃动的鸟
掉下会砸痛血泊的枪口

我是顽石　无论昼夜
都热恋着青苔与湿土

广场上的人群像皮影
变幻的庄稼收割又长出

多少酸曲不唱更酸
以后吃面不用放醋

时间仿佛从未降生
而我已渐渐衰老

人类本属同一个整体
伤害他人也损己阳寿

生的胎盘　死的骨灰
大地感恩　让遗忘的舍利痛哭

如 氧

一个穷写诗的人　不招惹谁
不跪拜权柄　不咀嚼废铁

有人损我　为毁我的尊严
无论男女　一副小丑嘴脸

耻辱的峡谷　河流淌血
谎言洗白伤口　冰的骨渣

有人骂我傻子疯子骗子
我依然在猪圈外做梦闲逛

与纳什　霍金做朋友
增添我灵魂的内力

读书为启迪心智　磨砺人格
创作为寻找快乐　放纵自由

选择诗歌　或被诗歌选择

人生的幸运与蹉跎

水和土都会消逝

诗歌缓慢生长　呼吸柔软的命

园　丁

鱼在水边　采集水珠和少女的笑
鲜花走进春天　吹送灿烂的彩云

黑夜里　金子和善良都不发光
血泊的废墟　让枪口喊疼

亲吻玫瑰　亲吻芳香的天使
赞美女人要节制　免于亵渎的嫌疑

关于作品　评价固然重要
文本的穿透力　剥下时间的面皮

虚妄的热　真相的冷
诗歌的路上　孤独在低吟

创作属完善自我的行为
因为爱　并非与谁较劲

缪斯的琴弦　在手指起舞
音符的彩蝶　向上升腾

心　声

我　一个写诗的穷人
爱黄金　爱泥土　更爱氧气

别低估我的创造与意志
别误解我的文字和冷寂

肥胖的湖水　扭一下腰
天空的星星　皱了皱眉

辽远的海　吐出羽毛和云朵
蔚蓝抓破天空的猫脸

诗人播撒鲜花与草籽
屠刀的血　撕咬邪恶的肉体

优秀人物　有足够的慈善铸造人格
唾沫与谎言　世俗的烈焰与嫉恨

有人诬我不能参评鲁奖

气得要自杀　你信吗

你信　我不能参选美国总统

是不是该自杀三次

心灵的呐喊

追求完美　并非过错
过分挑剔像在发烧

娶妻这事　结过婚的不予考虑
因我从未婚配

这些蚂蚁　把自己当带刺的大象
那些虫鸣　把自己当不灭的星辰

烈火烧遍旷野
走着的草根饮下露水

茅屋折断炊烟
狗吠抹去皱纹的枯井

一口气吹熄云海的浪花
两只脚走破布鞋的针线

沙在　月还在
骆驼肚里的水桶装着春天

破败的古堡　一把残剑
心灵的坟场　挖掘废墟的呐喊

在路上

在悲剧路上　越走越远
岩石的青苔　记不清马蹄与草鞋

底层的流言　比老子的尿多
世俗的笑柄　光棍的梦癔与血汗

垃圾堆偶尔开出碎花
更多腐臭与粪蛆

它们快乐　聚会或游泳
把世间丑恶播撒旷野

拒绝吧　心窝的爱
关闭呼吸　让死亡窒息龌龊的把戏

那些换妻的人　交换无耻的尊严和情欲
像禽兽滑入磨刀的火狱

孤傲的人　像冰峰凝结的雪
触摸天空　和洁白的祥云

炼狱的病人

下身内裤上身衣
人格与诗品要统一

把自己当诗盲
谦卑又任性

一首没写　一篇未发
冒充诗人真荒唐

几行墨痕
泄露心灵的秘密与体温

渴望遇见爱情的眠床
哪怕红唇燃尽霞光

虫鸣巢居枝叶的羽毛
大树内心的涟漪飞翔

天上群星　参加夜的婚宴
月光饮尽　情欲的太阳

地狱藏着火刑与奴隶
天空留着仙乐与天堂

活在炼狱的病人
早已被文字埋葬　不再消亡

若有思

鸟会飞高　天空在哪里
死亡的枪口　绽放星光的羽翅与血腥

囚笼里　虎皮为自由咆哮
落日的光芒下　森林化为灰烬

波浪干涸　群山隐遁
死去的大海　埋下贝壳　新娘与蝼蚁

情欲的春天　吹落月光的水碗
槐花掰开的白雪　暖了翠绿的泪滴

草尖的哭

凡事从自身找原因
做个快乐的人

平时爱挑外物的病
你的烦恼自寻

刀在骨肉磨血
暖是不熄的火

雪从天上下来
从不夸自己的纯洁

我们感觉到冷与灰
一种高洁的品质

融化成水　凝结为火
像一个人的前生今世

冰峰吹白了夜

晨曦的露在草尖哭泣

木桶与海水

木桶里的水　溅飞蝴蝶
透明的阳光　吻着春天的草绿

有时小丑也会浮出水面
小丑不过小丑　鱼虾毕竟虾鱼

有人在想男欢女爱
傻瓜忧患后裔的生计

如果说诗歌属修行
病灾的幻听　已改变我的命运

就算大爷我带着童贞进入坟墓
也拒绝假意的哭腔　虚情的冷笑

几粒马蹄小　无数草籽大
山在大风里吹远　羊在屠刀下咩叫

血腥的草原　煮沸海水

拥抱蔚蓝的自由　落日的毡帽

怪象或童谣

笑料遍地鸡毛　悲哀填充黑窑
相互吹嘘　不如抱团取暖
杰出成就　终身荣誉　全球文豪

牛皮明星跳得最高
珠穆朗玛顶着世界的草帽
摘下草帽的人　非彩云即风暴

四年三万部长篇竞争茅奖
曹雪芹参评资格提前取消
他在半部红楼梦里出不来了

实力诗人靠实力　也拼人脉
诗人创作　犹如父亲生子
等儿子背父亲那天　作家就赏月登高

盐巴煮熟的黄金　灼痛落日的海水
文友如浓酒或淡茶

都是生活本真的味道

我看见荒谬　又听见虚妄
草丛里的露　冷得枯骨溅寒星
一切如尘烟　诗句是蝼蚁的童谣

网与根

生活给你的教训　胜过文字的嘈杂
屈原投入汨罗江　水把他埋葬

楚辞的绝响　天问的星光
诗魂在天地间巡游　昂扬

粽子唤醒幽灵的芳香　谁听见
一个民族的纪念与创伤

真诚的人　有话要说
不小心弄成诗歌与毒药

幻听的我　哑语当歌
巫术的少年　走回素洁的槐花

石头长青苔　眨眼就老
掬一把关河的皱纹　洗离骚的脸颊

印象或感觉

阳光溜进耳朵
温暖听觉

绿草摇曳露水
点亮心窝

蚂蚁撑起蘑菇
挡住云朵

石头跳进河流
树皮哆嗦

星星咬伤夜色
鱼儿吹熄篝火

群山安然入睡
梦见喷香的苹果

雄鸡树巅鸣唱

黎明羞红脸庞

鸟飞了　鸟还在

天空是高远的羽毛和海洋

躁动的夜

卑贱的野草　骨子有高贵的虫鸣
废墟的宫殿　恍惚落日的余晖

时间来了又走
咆哮的生命　发光又熄灭

大漠风沙　卷起绿焰的地毯
马蹄吹灯　捧出锃亮的铁钉

弯月拉长银白的利箭
射中春天　鲜花躺满血泊

情欲溅满酒盏　嘴唇颤动枫叶
迷惘或清醒　品味甘甜与苦涩

享尽红尘福分的人　自觉能穿过针眼
天堂为穷人准备　还有善良与纯洁

思维：病与火

没结过婚　见过结婚
没谈恋爱　也曾把相思害

体操广播在放飞理想
我觉得青春当抓住理想

谁能不生病　谁会永远犯错
谁愿把吃药当正确的生活

乡村的鸡鸣　屠刀的生命
绝望的人群　不惧死亡的坟茔

我试探这世界　并非本意
而是神的心思　或魔的幻听

月亮像一只鹅腿挂在夜空
星星的牙　咀嚼着白骨与肉香

天堂属信仰　共产是终极
每一个会飞的人　都会有鸟巢和皈依

江河衰竭　春天消残
鱼和花朵　敲打人与兽的情欲

太阳撕开胸膛　语言燃烧
诗歌的灰烬里　谷粒泣血　黄金闪耀

3.20 抒情

远方的草地养肥牛羊
鼻尖的雨水打湿云朵

那春天如鲜花的家宴
蜜蜂采集阳光的糖分

这世道随处歌唱爱情
爱情其实珍稀如珠宝

无论你是什么领袖
总要爱自己的人民

无论你推崇什么美
总要写心灵的诗行

石头内部涌动黑暗
弯刀的锋芒滴着血腥

狼群奔逃猎人的枪口
飞鸟自由　翱翔在天上

你是流氓你怕谁
我不是流氓　也不怕谁

这星球　最不缺人
结个婚　也并非奇迹

天地交合　星光的坟墓
万物繁衍　蝴蝶的幽魂

怀　想

有人把母亲视作故乡
有诞生　也有消亡

哭泣或欢笑　草尖的露水
胎盘与坟墓　人生的真相

母亲去的地方　我也会去
草叶的乳汁　赛过氧与蜜糖

天堂在人间　人间在天上
月亮的幽魂　喊醒夜晚的玉石

梦见炊烟煮出米香
母亲的慈爱　供养饭碗与梦乡

春天来了　母亲没有回家
母亲没有回家　春天来了

心灵的坟

河流的酒窝不见了
像一串浊泪淌过大地

天上的星光不见了
像白眼灌醉黑夜

花朵捆绑柔情的春天
花香漫野　迷恋倩影的彩蝶

宝石挣扎露珠的鸣叫
木耳听懂蘑菇的细语

从几片黄叶看透秋天
从一把枯草摸到根茎

诗歌　让心灵泣血的坟
与你一起复活或死去

石头抒怀

野蛮山地孕育强雄气魄
无谓的争斗与厮杀　看得浮云也摇头

风水宝地　出俊杰或草寇
大爱的人　不会贪欲血脉的独秀

贫贱的子孙　富贵的后裔
都不过一口呼吸　一捧灰土

古坟穿着野草　草根种老艳骨
虫鸣叫亮星光　槐花白得疼痛

人这东西　生得多也死得滥
黄金玉石的芽　胜过破铜烂铁的种

乌蒙是一支神笛　吹醒公鸡的嘹亮
所有的风与河流　灌满苦荞和落日的前胸

轮回与天堂

说与不说　话在心里
对与不对　刀在手上

歌唱　让浮云洗净苍老的脸庞
飞翔　让枪口隐忍泣血的翅膀

孤独的心灵　灌满高扬的天穹
病态的泪水　剪断伤感的鼻涕

结婚的人　贪图红尘那点欢爱
燃烧的石头　压迫大地的根须与心脏

情欲的海　穿过落日的针眼
蔚蓝的睡衣　躺下三万亩浪花的死亡

神在哪里　我看不见
星空闪烁　剥开轮回的黑夜　深邃的天堂

含　露

人　你这兽鬼混血的仙灵
把生死种进乳汁或棺材

乐音吹响生灵的脉搏
花香消磨屠刀和情欲

永恒的子宫　枯败的坟墓
含露的春花　打开红烛的婚床　彩蝶的嫁衣

暗与光

鸽子中弹　白云乱飞
邪恶的灵魂　在圣洁的天堂
也会污宫殿的门墙

诗句喘息　青铜不朽
高贵的生命　在卑贱的地狱
也会行菩萨的善功

感悟十六行

干净的花蕾　开绿春的婚床
干净的人　写干净的诗行

爱会让愚者变聪慧
恨会让罪恶有血腥

从文字看见才华与人格
看见奔流的山河　闪电的冰雪

一个人昂首　太阳也低头
黑夜的星子　饥寒的炒豆

万物皆残缺　残缺才恒久
完满的事物　上天也嫉妒

渺小的人　有盲人摸象的见识
全知全能的神　也有挣扎的困苦

点着诗的灯盏　人心也亮
哑巴的唇　咬住时光的流淌

青铜不朽　敲响海的眼眶
落日的泪水　烧烫霞彩与蔚蓝的波浪

种　子

多年前　我像母语河边一个抒情器官
见猫狗鱼虾　也要写出诗篇

快乐的星辰闪烁　善与恶都睁着眼
盲人的黑暗里　月亮的耳朵敲醒春天

自然隐显神性　神性属于自然
而人只要爱　就远离地狱和锁链

忧伤的嘴　吐出忧伤的歌
日出的火　吹散雾霾的云烟

我低调　并非不自信
你骄傲　像鸡尾上打鸣的鸡毛

山峰是泥土伸直腰身
抬头看见天空的落雁

幽灵会消逝　而种子不会

埋下雨露和汗水　泥土长成黄金的秋天

井　蛙

一二十岁的青蛙叫喳喳
四五十岁还在叫　那是蜕皮的蛙

夜色弥漫稀疏的蛙鸣
月亮是青蛙的魂　喊醒星光与乌鸦

井底的黑暗　吃掉石头和枯草
一滴水溅出眼眶　头发刮起风暴

走不进江河　摸到皱纹的耻辱
看不见大海　听见海的嘲笑

梦语十四行

眼睛是身体里的子弹
它能击碎白昼与黑暗

泪水的枪声　像海水窒息
淹没星光与血液的呐喊

头骨与发丝
主宰精神　搅动灵感

一切死亡都在重复
如同花朵　不停地点亮春天

一切痛苦都在消散
仿佛彩云不忘给冰峰洗脸

树上鸟窝在飞
空着一只鸟的婚床

空着天空永久的寂寞

一只鸟蛋　爱的等待

臆　想

黄叶飘飞　刮着风语
彩蝶扑落羽毛和云霞

月色照亮大地与河流
青苔在波浪下喝污水与游鱼

这世上已无爱情
只有贪婪和兽欲

金子比汗珠闪光
沉默的夜　难觅婚床

一支幻想的红烛
擦亮乱坟的野草与荒凉

芳香的白骨　窒息死亡
埋下花与沙　枯萎的胡杨

孤独攥紧手心的雷雨

精灵的闪电　脱下天空的衣裳

心　迹

不爱的人　可能比诗人还诗人
不写的你　怎会比作家还作家

未婚的再多　也比结婚的少
结个婚　有啥值得炫耀

字写得认识即可　别奢望做一个书家
话能听懂则妙　何必偏要京调

歌词　长翅膀飞进绿草
嗓门　打开窗口摸湿云霞

无数小溪种一条河流
一块石头　喊不醒另一块石头

沉默的天空　钓着风的眉毛
哑巴的大地　捧出稻米和苦荞

一切黑夜都在淌汗
一切白昼都在焚烧

世人多如沙粒　渴望黄金与权柄
阴谋的杂草　触电大脑的神经

醉酒的岩石　捧起月光的杯盏
抛下乞丐的铜钱　王冠的镣铐

说或不说

任何人　于他人而言
都不会比食物和水重要

想写就写　不想写就不写
诗歌　情智的精神生活

诗句在世间流传
诗人便死也活着

26 年前的炎夏
幻觉里我能让死者复活

前些天的篘连
真有死者复活的奇迹

我并非神灵　许是巧合
而这多么意外和惊喜　说或不说

碎　语

15 元 10 个的土鸡蛋不算贵
给我两百钱　也生不出一个

并非每个农人都是农学家
并非每个写诗的都是诗人

这世上多面具和幻影
我管好自己的骨与病

这人间有许多国王
你并非其中一个　皇宫即布衣

富贵与贫贱皆为虚妄
饱暖和饥寒都属美味

星空闪烁　萤虫点灯
人生苦短　诗思如海

火中取栗的艺术　苦中求乐的精神

自然属永恒　生死似迷梦　荒冢刮沙尘

诗与论

别把自己当永恒
时间的永恒

别把自己当真理
评论的真理

一个人的诗在走
走进大漠山海　干净心灵

风和豹子咆哮
落日与石头哑巴

一切语言如花开星谢
春去秋来　枫叶如蝶

夜空有多少挖掘的黑暗
大地有多少雪融的话语

诗歌如月光流淌
评语如篝火熄灭

文字的骨头　敲痛后世的眼睛
如尘的皮毛　落下荒芜的枯井

诗　言

清澈的河流
刮走游鱼与波纹

鸟翅的彩云
怀想蝴蝶与雪莲

给太阳加冰块
风绿　心凉　唇干

这世间早已人满为患
无爱就别繁衍和婚恋

恶俗与诋毁　底层的流言
磨砺舌头与阴险

真诚面对心灵和病苦的创作
许能赢得时间的尊重　青铜的慨叹

人写着写着就老了
埋进泥土　笔仍在走

把白骨走成火焰的草纸
把萤光走成不熄的灵感

叙　述

一个人优秀　免不了被虚构
一个人杰出　必中毁谤的毒

春来了　我已衰老
学一声蛙唱　星光淌着露珠

一片叶子　枯萎如蝶
新生的根　扎稳诗歌的沃土

银屏小品夸张不靠谱
不表演才是最好的演出

马蹄跑过湖泊和死去的野花
天空绽放白云和干燥的月光

母狗吠叫　手机留下阴影与齿爪
先知沉默　庸众流言磨快镰刀

一无所有的我　赤裸如诗虫

荒芜的心灵　捧出岩石的忧伤

戏 作

不懂语言　不通情感
向往外星生灵多么危险

鱼虾在波浪下苟活
像一个人与另一个人的战乱

偷情的男女　在繁衍或婚配
血像红烛叹息　爱像婚床腐败

雄鹰与枪口一起长唳
硝烟和炊烟一同升起

清晨的阳光　洒满森林与山峦
月牙的大漠　留下古堡与银圆

悬空的地球　住着兴衰的人类
马背上的故国　追逐草海与辽远

植物人絮语

文字　祖先残缺的遗言
写作　内在人格的修炼

文学是人学　不是兽学鬼学
神灵和石头　也许不需要

人要清洁　精神要升华
如同大自然　需要干净的草花

文化的幽灵　图书馆游荡
除了传承　更渴望创新的自由　温暖的表达

油菜与蝶　散发春天的气息
诗句是诗人的呼吸与血脉

蜂酿蜜　天溢彩
青铜的铭文　诉说华夏的预言与伤疤

江河奔大海　群山涌碧波
心灵的活水　情思的鱼虾

夜空的泉眼　白骨的香蕾
火焰的大漠　铸胡杨的魂魄

岁月的空气　骆驼背上流淌
敦煌的飞天　灿烂的寂寞与云霞

爱之惑

若把浮云比作薄冰
我饮不下也不口渴

若把美女比作糖块
我吃不上也不嫉恨

关河的石头唱流水的歌
乌蒙苦荞种大山包土豆

树上花结果子的过程
像一对男女在树上交配

掩住草丛虫鸣的嘴
露水会害羞

翻阅旧照　像回味自己的前生
面对镜子　灵与骨　肉与影有迷惑

所有的湖泊　都是碎玻璃
风像个老人　拄着皱纹

白鸽涂亮子弹与枪口
铭记黑夜的星光　水草的柔情

灯　盏

美人配不上情诗　如同帝王配不上万岁
遗憾的青春　有血泪与悔恨

人性复杂　社会更复杂
世俗毁誉　怎能评判星空的黑白

匈奴未灭　何以为家
真灭匈奴　多少毡房变废墟

名将炸裂疯话
血腥的草原埋下刀戈与骏马

共产奋斗　天堂遥远
梦想会扼杀私欲　创造奇迹吗

不必在乎信仰　皮肤或党派
要在乎民族大同的愿　星球合一的爱

种下和平与仁慈的灯盏
远离罪恶与祸乱的风沙

权　力

权力比酒醉人
没几个人管得住自己

美色比水还口渴
有谁能阉割情欲

我这诗　有豪情也有酸味
你这人　有骨头还有影子

房价太贵　无非以土地卖钱
生死的人　陪泥土苏醒或安息

真　话

世间事　我不说不等于不明白
我说了　不等于对或不对

许多人死了　我还活着
仿佛他们替我死去　而我替他们生病

对一个诗人而言　诗之外的东西显得虚妄
诗句在世间流传　诗人不朽的舌头在发言

仙灵附体的人　最具创造力
癫狂者　混淆时间与爱恨

杀人的刀不生锈
吸食着鲜血与亡魂

所谓聪明大多自私自利
诗歌的聪明　流溢自由与仁慈

以文字表现心灵　比黄金贫穷的人
不该受冷铁与流言的嘲弄

多一些悲苦与思悟　少一些快乐与轻浮
抵达人生和艺术的内核　诗歌的终极追求

乳　汁

月亮　黑夜的乳房
挤出爱情的月光

星星的指头
指点迷路的情郎

情郎躲在海洋
像蚂蚁藏进洞穴

梦见白米的喧嚷
头枕绿豆的蜜糖

炊烟深处

诗在重复　因为生活在重复
歌声难飞　因为舌头锁住咽喉
修养高的病人会伤害自己
缺教化的疯人会攻击无辜

终极的主义或信仰　不惜抛头洒血
我也以拯救人类的幌子　对抗病魔
让潜力激活　创作更多诗句
让真理显现　铸造信念英雄

皇冠埋下黄沙　马蹄吹动草浪
青春刀锋的光　鲜艳如蓝天的眼
我握紧的河流　射断星空的项链
落花如烟　情人走出相思的画卷

芳香的尘土　软语压低虫鸣与露珠
所有的路　都是血管在奔突

搬动身体的岩石　骨骼与泥土
农人的宿命　稻田的汗水喂养鸡鸣与耕牛

诗　骨

如果写不好诗
早该放弃单相思

如果把诗写好
意味与诗相恋终老

好文如耐嚼的馍　哲思的沉淀
诗味的表现　乃至宗教的感悟与超然

做傻子好　少些聪明人的烦恼
诗歌不改变现实　能拯救心灵

浅陋的人易怒　点燃血和匕首
仁慈的心包容　凝固黑夜与白昼

那么多的情诗　找不到对象
汉字温暖　值得一生托付

人生荒诞　虚名如粪土
抱着虚名的冠冕跳舞　腐朽了诗骨

诗骨敲痛时间与灵魂
诗句飘蝶　呼吸祖先的喜乐与哀愁

风　语

花朵偷男人的心　露珠羞涩
乳房挤坟墓的奶　虫鸣疯长

以夸张调侃去生活
解构岩石和自己的笑料

收获宁静的快乐与忧伤
何惧流舌的毁谤

并非神的奴仆　亦非魔的客人
我是诗人　以诗歌铸造人格与梦想

诗歌间谍　艺术幽灵
打入母语内部　破译文字之谜

一个穷写诗的　人穷诗不穷
沉溺欲爱的众生　嘲讽光棍的孤寂

谁认为我制造情感垃圾
谁可能是时间的废物　麻木的盲人

我吃掉豹子　背上长花纹的词
豹子吃掉我　胃里闪寒星的血

悲剧也要人扮演　苦痛着火的虎骨发颤
渴望喜剧的草　命运肤浅　像皱纹抹脸

吸　毒

有人污我吸毒
仿佛捏稳了证据

我早上吸　中午吸　晚上吸
全是昼夜的氧气

我还呼吸艺术的美
终极的理想或信念

它们具有冰毒的魔力
让罂粟绽放残霞的虎皮

蜜蜂与爱

我不认识任何一只蜜蜂
叫不出名　只听见嗡嗡嗡

它们纷飞在旷野花丛
采酿劳动的心血

采吧蜜蜂　甜吧花露
果汁涂满舌尖的味觉

撑大春天的胃
喂养天使的路

世人嘲笑病苦与创造
诗歌的蜜蜂在纸上忙碌

丈夫恋慕妻子　妻子忠贞丈夫
蜜与花的爱　穿透月光情语的枕头

回　味

水渴了　喝自己
草裙舞　扭绿腰

蝴蝶打扇　鲜花欢笑
香艳是谁的撒娇

变 脸

药瓶眼里　药片是病人
婚床眼里　爱情是兽欲
虎骨眼里　泡酒在早泄
疯魔眼里　众生如蝼蚁

我看见河床枯涸的浊水
蝌蚪摇动春天的尾巴
我看见萌芽的种子如星辰发光
土坟消逝后的飞灰尘扬

弯月如长弓　射不出夜空的箭矢
大漠如骆驼　背不走太多沙粒
诗歌如梦语　在舌尖睡醒
人生如游戏　变不完川剧的面具

谣曲：婚床

少女为爱情歌唱
露水打湿玫瑰的芳香

火焰为死亡哀鸣
骨灰纷扬泥土的衣裳

少年是羞怯的唇齿
亲吻蓓蕾的乳房

一无所有的舌头
赞美或诅咒　白天或晚上

青春梦呓　红烛忧伤
公鸡打鸣　振动云彩的光芒

花儿凋零　月光点燃月光
秋果成熟　大树攥紧心脏

坚硬的石头　沉默如内心

埋下语言的鱼骸　飞鸟的婚床

疯人抒怀

阳光追赶奔跑的甲壳虫
甲壳虫的肚子装着男人和女人
蚂蚁的摩托似乎更快
它们把街道挤成几条小巷

情欲的兽　红粉的狼
匍匐着草野的行尸与坟冢
我的文字扎根民间
散发炊烟与泥土的忧伤

水珠与水珠汇成河
树叶与树叶连成林
真的创造　并非奴役或征战
而是献出流淌与翠绿的飞翔

当腐烂的帝王被高跟鞋践踏
石榴裙化作天边的彩霞
跌倒的猪尿脬笑出眼泪

马匹奔忙在骑手的屁股下

哎呀草原的海　哎呀美女的浪
错过婚娶的疯汉屙出小溪
错过诗篇的屠刀磨快落阳
血的落阳　茫茫大荒心跳的飞沙

一滴滴喊渴
一滴滴喊累
一滴滴痛不过死亡
焦灼的星空　万寿无疆的皮鞭

抽打虚空与光亮
人只是一具行走的枯骨
脱光皮肉　遗忘生死
在闪电的黑暗里滚烫

四　行

四月的诗歌高产
清明　谷雨　每天都有一筐

撒娇的樱桃　一树树地发甜
少女的樱桃　红了诗句与唇香

时　尚

女人都叫美女
男人都叫帅哥

以后填写性别
不填男女　改填美女帅哥

清风不识字
何必爱美女

少时不识月
呼作大帅哥

海滩的蚂蚁

一只蚂蚁在海里游泳
浪比山高　海比天大
星光闪烁　蚂蚁的情话

海水吞没波浪与贝壳
不能淹没蔚蓝的飞翔
鱼的亡灵　捕食闪电的骨骸与月光

海滩的沙粒　仿佛蚂蚁的国民
堆起集市与天街　宫殿与城堡
微小的坚韧　托起海的汗珠与血浆

记　忆

脱光衣服的人　掉光树叶
一棵树能走到哪里
一个人淌进河流　浪花翻滚

落叶的小舟　泊走秋天
深情的春意　藏在水的掌底
时光的青苔　吐出嫩芽的虾鱼

而我已像波浪老去
触摸皱纹与树皮
荡漾石头内心的伤痕

自　语

孝敬父母　别只顾念儿孙
没有过去　哪有未来
在小小的峡谷养命
一个厌世者　博大的铸炼显得荒诞

梦里也深受幻听之苦
地狱的镣铐　套上人间的脖子
坚韧的意志　敲不响河流的铜鼓
思维的魔　一路狂奔　读心　怒吼

不喜论辩与评判　恐伤人自尊
百年之后　谁都需要收敛的火焰
草叶凋零泥土　骨灰化为尘埃
鲜花的诗句　在春光里飞旋

盲目的青春像药片　出奇地美丽
癫狂的病魔纠缠可耻的情欲
挣扎着泣血的风筝

哪根线牵在燕子的手心

记住阳光　雪峰和云朵
记住冰块的足　踩醒绿色的鸣虫
邪灵终归是邪灵　罪恶在黑夜焚烧
天使终归会蜕变　秋风枯萎　蝶舞升天

乡　愁

有李白的诗　谁还饮酒
有天上月　谁还爱地上的萤虫

唐诗醉千年　游子喊痛
月色洗冷玉　夜晚醒梦

自　恋

雪莲饮下彩虹　搭起星辰的阶梯
神鹰飞过雪山　喊痛远古的爱情
有病　写作与梦想不会枯朽
有水　空气与河流不会凋零

百年之后　若有人读到我几个诗句
说这疯子　还算诗人
我那飞扬的骨灰也会笑醒
重聚秋天煮沸文学精神

乡村写作

枯瘦的河道　流淌汗水与泥沙
照相的天空　留不住白云的脸颊

河风吹送石桥与涟漪
眼里的网捕食跫音与阳光

孩童的欢叫　像笑颜的山茶
每一朵惊醒的茶香　与蝴蝶捉迷藏

童年凋谢　如浪花碰撞
乡村的田埂　迷恋消逝的稻浪

不饥不渴的亡灵　与我擦肩而过
嘲笑空洞的胃　焦灼的唇　浅薄的浮名

在纸上虚构无数婚配
其实我没爱情的一个吻

探索大脑的奥妙和隐秘

写作释放心灵自由　解开慧根的枷锁

身边或远方

秧苗淌出汗与风
农人的手　如扎进泥土的犁铧
水田的耕牛　已看见忙碌的秋收

露水擦亮夜空的盐
鸡鸣啄食玉米的绿
黎明的芳颜　仿佛处女的红妆

草坡羊群奔逃
快不过牧鞭与屠刀
血泊升起炊烟的肉香

从心灵抵达自己
除了爱　哪儿也没去
心灵装下所有的远方

爱　恋

你的秀发黑　像巧克力
你的皮肤白　也像巧克力

我看见你　心里甜了
舌头想吻　嘴唇着蜜

红豆烤熟的相思
一粒粒饱满　情人的战栗

骨头滋养青草　马蹄踩痛肝肠
时间的坟　埋下笑语和美貌

飘逸的风　刮了又刮
谁记住云朵的爱恋　谁遗忘月光的婚床

蝼蚁和露水

在宇宙中　任何个体都有尊严与能量
蝼蚁和露水　擦亮黑夜与星光
善念滋养花草　仇恨生长血腥
一个爱诗的人　纸与笔流淌着歌唱

音符如蝶　拥吻耳朵的天堂
幸福的炊烟　升起舞蹈的童话
圣洁的雪峰与云彩　天与地的共鸣
神鹰挖掘心灵　捧出飞翔的黄金与白银

永恒的欲　生命之火的繁衍
不朽的爱　人类的智慧与信仰
无论一生长短　荒诞或庄严
串起河流的脚窝　感触生死的脉搏与时光

健康与残废

以诗歌建立内心的江山
马蹄的汉字　卷起刀戈与云烟
血里燃烧　火里熄灭
吹动肉身的宫殿　骨骼的高山

厌恶病苦　祈愿康健
渴望自然的花草　鸟羽蓝天
谁若贪婪世上的金银与美色
权柄的手　挪不动腐败的脚板

戏　台

星空咬碎泣血的黎明
黑夜走进煤矿的眼睛

人生如戏　演好自己的角色
长眠似梦　守住自己的呓语

有人恋慕虚荣与面具
如同小孩爱玩气球

我没结婚
美女如花　关我何事

岩石压迫我的影子
心灵早已神游天际

把峡谷当草原　把河流当衣衫
把天上的云当毡房的床单

自由的马蹄　钟表里达达

思想水滴石穿　太阳火苗不熄

咒语喧哗

一只鹰落地　巢居大树
树根的蝼蚁　梦见皇冠和婚嫁

繁衍若淡化教养的责任
何异与虎谋皮的羔羊

生育如缺少情智的滋润
恨在刀锋淌血　爱被压巨石下

杂草堆里的虫鸣　草民的喊冤
泥土下的枯骨　先辈洗白的时间

岁月流逝　大河枯竭
天空有不竭的阳光和雨点

黑夜饥渴　星空无疆
幽灵的马蹄　踏响晨曦的红艳

英雄大醉　走上天空

酒盏里的海　泼下万顷风沙

荒冢迷乱　春天发芽　蜜蜂采花

诗人掏空生死　灵的汉字　咒语喧哗

汉　子

视爱为圣洁的人
大众的流言与笑柄

误解我的人
以为我会与母猪成婚

真的光棍　干柴的汉
不生火　不冒烟　不化尘

把光棍当路
走着孤独的自己

男女皆为人类
雅俗本无差别

写诗的故步自封
当官的连升三级

情智决定命运
性别决定爱欲

一切皆虚幻
谁在乎金钱与浮名

而我如木如石
摸不到天　打不落飞鱼

洁

我听见朝圣的足步
看见藏民轮回的脸
这是哪一刻　哪一年

草木繁衍　石头流过时间
铭记刀戈的锈与血
身体咆哮　磨快春的翠绿

落日不朽　江河不朽
饥渴的山峦不朽
易朽的人　把心安放茅舍与炊烟

高处的雪莲　让星空颤抖
所有的飞　掠过云海和羽毛
所有的黑夜只为冰峰的圣洁

骨头敲碎黑暗

把山歌唱成芳香的玫瑰
耳朵里的春天呼吸红云

波浪吹动大海与帆影
鸽子咬碎夜色与星辰

自由的飞　豪情的颂
歌喉里的花豹　扑向森林与雪

移动的霞　静止的天
雷鸣挤出雨水和枯干

奔跑的冰峰　触摸闪电的草原
太阳的血浆　涌动大漠的硝烟

刀上的命　离弦的箭
马蹄踏醒　善恶的一念

野蛮并非血性　残酷怎算壮烈

勇武的人格　骨头敲碎黑暗

默　哀

候鸟死了　草原炊烟升起
你们已不能在云里安歇

投毒者活在野蛮的阳光下
候鸟的亡灵　是否认识他

259 只候鸟　折断 259 双翅膀
259 条路　走丢 259 座小小的坟

飞翔呀　小天鹅
回来吧　绿头鸭

装进眼里的天空低垂　原野静默
不见哀鸣的羽毛　窒息的窠巢

蜗牛与蚕宝宝

宇航员在神州 11 号飞船
做蚕宝宝的太空试验

高处的神　把所有的造物
看作他的试验品

无论人觉悟或麻木
无非繁衍　生长或消亡

艺术与美
人类精神飞扬的双翅

宗教与信仰
并不能阻止血腥与邪恶

科技与文明
慢得像蜗牛的脚步

一切自由　一切兴衰

拥有草根的露水　枷锁的成败

虫　鸣

井蛙看见　天空的衣袖
几片夜色　涂亮星辰

草摇曳寂静
低吟仿佛巫师的咒语

逃离生活的人
住进自己的疾病与心灵

云朵飘下岩石
长出露水与苔痕

鱼虾行走水的路
谁哭谁笑　沙吹痛眼帘与皱纹

落叶的小舟
划破秋天大树的港湾

敲累鼓的蛙睡着

梦见天空渴死水井与乱草

骨　立

处女的玫瑰　潜入寒夜
烛光与婚床　幻觉的情语

爱若非骗局　或即情欲
繁衍的小本能　淹没成长的大苦涩

远离邪恶与肮脏　反省和清洁自己
让诗与歌成为双翼

精神的诗　让人动情和理智
灵魂的歌　让人高贵和圣洁

汉字有血　有肉有魂
每行诗呼吸　如骨站立

峡谷梦语

土得本色没啥不好
不会一门外语　装什么洋

作为男人　可说废话闲话
不可说垂头丧气的话

每个时代都有国王
大师则未必

蝼蚁群居洞穴
天国送来星夜与黑白的米粒

克制厌世的情绪
免得遗弃遍地人渣与垃圾

听不到噪音　睡也不安稳
看不到山　心也不踏实

无爱的我　不羡野草的婚床
做梦的人　红烛点亮孤寂

诗十二行

吃酒的花园　醉出花香
蜜蜂嫖宿　春风的青楼

可怜的油菜　掀起霞彩的盖头
天空低垂　藏着乌云的怒吼

黄金种下碎银　收获昼夜的星辰
落叶走过秋天　留下枯树的河流

马蹄磨快露珠　青草绿满荒原
沙粒追赶沙粒　大漠卷动焦灼的浪波

男女放纵情欲　强权欺凌弱者
刀光血火的生死　世间荒诞的逻辑

阳光之上的天堂　没有罪与辱
风吹散浮云　刮过红尘的思绪与胸膛

字

我说　并不意味懂得比你多
我哑　并不意味懂得比你少

在说与不说　少与多之间
舌头窒息　沉默是语言的炭火

石头的心肝　青草的脾肺
骨骼站立　复活血性与基因

沉溺写作　激活情思
让灵智的文字　埋葬时间的坟冢

感　叹

天上的黄金歌唱　贫穷的风声哭泣
起舞的云听见信鸽与霞光

从花开到花谢　从爱到恨
从春走到秋　从白走到黑

庄稼的田地种出房屋
蛙鸣的涟漪吹送草绿

淫欲的灯　玷污心灵的暖
婚床是囚笼的锁链

面对道德沦丧　价值观混乱
暴雨勿指望晴天

遍地行尸走肉的祖国
诗人找不到侣伴　诗的不幸即姻缘

脚下大地的重量　悬在空中
所有的脚印都会埋人

死亡是生命闭眼
群山的骨骼　难撑时间的落日

石头有崽　大树扎根　先辈留儿孙
一切都在炼狱　复活　重生

香　火

作诗与做人的上升空间
精神的自由　哲思的体悟　情感的良善

岸边淘沙　沙里藏金　沐浴火焰
一条河涌动　裸女的时间

捡一串诗句的波浪
朗诵爱欲和忧伤

衰老的人　激情打湿干柴
血液燃烧心脏　牙齿残缺欲望

情思的杂草　几只蛐蛐叫
叫得磷火枯竭　涂亮皱纹的萤光

昨夜的梦境　缕缕香火缭绕
预示我会有后代　拥有健康与诗章

生活或幻象

天空辽阔　好做灵感的坟
羽毛一直在飞　鸟一直在静止

河流翻山越岭　一路狂奔
月光的沙漠　乌云的汗粒

枪口呕血　在生死间痛苦
一棵绿草　脚印生长草根的海水

现实里遇见帝王将相　状元翰林之后
而今淹没人潮　谁看见祖先的护佑与气度

伟大的想法往往空洞而虚浮　遭人嘲笑
一个爱人类的人　不在意种族　血缘与信仰

加拿大男翁娶一群妻子　自然生一堆儿女
光棍的童贞嘲弄落叶的树　镜里赤裸的果实

传宗接代的大事　我都小视
能有什么打动我　病苦的诗歌　虚幻的爱情

这天气　除了下雨　就是哭泣
这日子　除了上网　哪儿也没去

鬼节来了

梦见荒漠草海　野地行走
钻进一个土堆　华丽的堂屋

也许我是谁的祖先
已转世来到人间

后辈还没给我烧纸
我已梦见前世的姻缘

七月半　人鬼相约
孤独的诗篇　看见后世的尘烟

纸上幽灵　深情似雪
诗人的冰魂　吹熄巫术的灰烬与火焰

一切皆虚无

我服药　你没看见
我也不把窒息的疯狂吐出

每个人都是大师
意味众人皆庸才

世人多如沙粒
谁能数得清天才

病像个陷阱
我比井蛙还难堪

死亡若是遗忘一切
去病的安息　胜过幻听的熬煎

矛盾的有限与无限
漏洞的永恒与短暂

雷同的共性与个性
交错的时间与空间

文痞与地痞　爱恨与情仇
阴晴和圆缺　离合与悲欢

生死与肉身　灵感与灵魂
一切皆虚无　虚无在一切中哑然

鸟笼内外

地球是只鸟笼
会飞的鱼与海　会飞的鸟与天
会飞的人与尘　都在笼子里

笼子外　静止的氧与风声
静止的夜与死亡
绿星的枪口　瞄准虚空与自由的泪光

小黑蛇

草丛的黑蛇惊觉
像一束贴地飞翔的黑夜
淹没在阳光的河道
静止是我的语言
逃逸是它的命运

不捡石头　刀不流血
无非灰尘与露水搬家
大地又能发生什么奇迹
悠然的云　透过风的镜子
眨了眨树尖　天空的眼睛

星　汉

诗歌让母语发出回声
爱是包容与悲悯
文字接纳永恒

赞颂美善与情思
叩问彼岸与终极
孤独的心不忧患疾病

不想长大　纯真的思维狂奔
从南极到北极　从昼的日光到夜的寒星
三条腿的我　追不上逃跑的青春

不想女人与婚配　万念与虚名俱灰
一个人石头般老去　年轻诗句捶背
无论人类存亡　星汉吹鸣灿烂的歌声

歌唱或再现

脱光衣服　人都是些小动物
赤裸的那对圣洁的婴孩
男的啼哭是天国的语言
女的泪水是缪斯的音符
他和她　人的种子　神的密旨

浴盆的花朵　绽放碎玉的露珠
母爱的项链　抹去胎盘的血污
人这一生要走遍昼夜晨昏的长路
大地有多少骆驼与江海
星空有多少尘沙与佛珠

刀光剑影的惨烈　寒来暑往的叹息
空碗的乞丐需要打狗棍
帝王需要慈悲与权柄
渺小的诗人　勿忘祖先的遗言
母语里有种族基因　情思与灵智
握紧大脑的纸笔　折射时间的喊与痛

自　语

我的特长是吃饭　每天都吃
我的优点是喝水　不忘撒尿

我的不幸是生病
幸福是医生和药品

我的爱是孤独的影子
影子的孤独也不会恨

我的情欲像二氧化碳
还没让自己窒息

我从黑暗掏出星天
从大地挖掘土豆

我把玉米种进蠕动的肠胃
我把稻谷铺上金黄的虫鸣

我的死亡是骨灰　诗歌的火苗
被人群点燃　被时间吹熄

遗 憾

两个六七岁的小女孩
一边嬉戏　一边对骂
她们还太小
不懂语言的脏　脏的语言

幻听的耳朵　有一个粪坑
蛆虫游泳　苍蝇哼哼
病苦的青春　花开得凋残
爱的空气污浊　缺失美满

练　笔

黄昏的河面
鱼儿弹起芭蕾的雨点
闷热的天气里
小河像揉皱的面团

我像一只青蛙
飞进倒影的迷宫
撒网的风与波浪
把水草与沙石变成星空的思念

又梦见海水
碎米的白云与孤帆
鸥鸟与暗礁丈量海的气魄与心胸
不息的江河射向自由的蔚蓝

顿　悟

狗尾扇起风　狗吠叫醒肉
石凳坐我屁股

阳光给我赶汗水
小灰狼给我驱蚊虫

弹弓多像十字架
不知瞄准飞鸟　还是耶稣

血腥的枪口　点燃怒火
人类危机泼墨整个地球

画家仿佛天使
以笔下的星空叩问永生

我的文字仿佛疯人
把世间风景当作医院或坟墓

月光情诗

称你为女王　笑容的花瓣绽放
你没王冠　没我送嫁妆

爱多么漫长　从青丝到拐杖
爱多么短暂　吹熄摇头的烛光

单纯与洁净　属圣徒的表达
含混与生涩　属嚣张的乌鸦

始皇奢望的百代也不过二世
聪明人不空想未来的婚床

让孤独挨着影子　影子挨着月亮
月亮把黑暗煮成词语的米汤

思与悟

树上的落叶　风里荡秋千
最红的叶　霜白浸染的血

诅咒寒流　锁紧雪峰
高原的云朵　盛放冰魂的雪莲

祝福监狱　关好你的罪犯
像夜空装点麻木的黑暗

黄金的枪口　不要瞄准穷人
太阳的梦　都辉煌在白天

大师沉睡在图书馆
打开书籍　他们就与你交谈

崇拜　一种错误的迷信
走出神话　人更健康和自然

春天抒怀

春天的情欲尚未发芽
蝴蝶像聚散的彩霞
哭泣的阳光　握住虫鸣的温暖
融冰的泪珠　连接溪水的草场

云朵像羔羊在大地游荡
马匹像快刀斩落绿浪
冒烟的毡房像少女的乳房
挤出奶汁灌醉牧歌嘹亮

牧鞭像彩虹在天上飞翔
抽碎云烟深处　游子的故园
天堂的雨点像蜜蜂嗡叫
甜蜜的蘑菇　草根与梦乡

心跳像海水鼓浪
蓝的火焰　红的血浆

星空撒下多少鱼群的亮光

我闭上眼睛　夜就收拢渔网

圣　火

诗人不愿群殴或树敌
真的诗人会留下真的作品
时间是遴选的老妇
你从未见　又与你接吻

上下牙会碰撞　舌头会伤神
爱自己有多难　爱别人不容易
不痴迷自己的心捆绑想念
不奢望他人的手牵引情感

我要找到我　我要放弃我
我要懂得我　我要遗忘我
一条路从白走到黑
一轮月从弯走到圆

眼泪像细菌　头发像炊烟
鼻子嗅花香　苹果摸脸蛋
嘴像一个大碗　盛五谷和江海

足是大地的根须　浮云穿上游子的汗衫

纸上的汉字　像棺材里的枯骨
能否在冬天发芽　结晶冰雪的诗篇
山峰冻得颤抖　血肉压迫心跳
语言生下语言　温暖如一团圣洁的火焰

山与人

山戴云的草帽
缠溪的腰带
听鸟的琴弦
一身绿装　流青翠的血
把森林醉成赤裸的海面

秋天悄然　落叶踩响阳光
疼痛的大地　压迫自己的心脏
四季的更替　仿佛尘世的轮回
让恶归地狱　善归天堂
灵感归诗人　汉字的故园

丑人吟

假牙怎模仿真牙的笑
伪诗怎拥有真诗的神

当眼睛痛出太阳的沙粒
白鸽的子弹　击中天空和平的巢穴

花与美

少女端坐水仙
花瓣吹醒露水
羞怯的美渗透彩云

天空比鹰翅高远
雪莲像不老的爱情
绽放冰峰圣洁的火焰

花与美　青春与诗句
牧鞭下　毡房升起炊烟的笑
河滩的羊群　啄饮皱纹与草根

迷　恋

一堆文字做新娘
纸上的婚床　红烛映红妆

自语的花朵　多情的果实
灼痛夜的黑　雪的伤

让爱欲骑上奔跑的草原
把河流推向融冰的远方

看见大海的人　涌动时间波浪
活着是水滴　死去是盐巴

仿佛坟墓　埋葬血肉和白骨
纸上幽灵　吹绿黄金的火苗　尘埃的忧伤

闲　话

大街上许多鬼魂赶集
为躲避鬼　我不小心撞了人

那个握黄瓜做话筒的青年
疯魔的幻觉里成众人哄笑的歌星

梦里诗人变身建筑鹰架
隐喻母语为精神支撑

爱情于我　如口香糖
有就嚼嚼　没有也无所谓

婚姻于我如儿童节
孩子们在嬉闹　我已衰败如落叶

贪官们也读元首的思想
妓女怎不可读秋雨的文章

星空亮了　每个人的心灵都在反光
燃烧的黑暗　把光明化为尘埃与云烟

人　性

兽性与神性的混合
地狱与天堂的相遇

生殖与乳房　艺术与美
恨的罪恶　爱的伦理

创造的尊严与享受
自由的枷锁与极限

性灵的种子　海的基因
血与火煮沸挣扎的宿命

人性　天使与魔鬼的酒精
堕落或升华　轮回的苦痛与迷醉

思　绪

衣服破旧　人还算新
皱纹老了　童心未老

青苹果　散发青涩的香甜
黄苹果　诱惑唇齿的饥寒

诗人的树上　每一片叶子都是邻居
落叶的老友　把想说的话吐给金秋

饮血的子弹瞄准枪口
晚霞受伤　樱花碎红

爱情空洞如肥皂泡
露与电　美的虚幻

白鸽在飞　时光的刀疼痛
割不断思绪与河流

心　澜

渴望自由　所以我创作
渴望爱　因而我孤单

钢轨上奔驰的长虫
喊叫天上飞的铁鸟

等等我　等等我
快捉住羔羊的云朵

黄金的光芒　喂养乞丐的瞌睡
咖啡的宫殿　躁动心神的药酒

生活在疾病与耻辱的伤口
诗歌血污的光荣　或许属于后世

后世的眼光　像水波或泥土
翻动鱼群　像梳洗青草的骨头

百年人物

百年之后　若有人记得你
也未必算什么人物

后裔点亮亲情的火苗
血缘的根在延续

星星一闪　我就眨眼
谁的一生　能不短暂

如果拉长百年时间
它的光焰许会相信诗篇

骨头着火　精魂犹在
黄金的人格　铸造纸上的灵感

一代　两代　三代　四代
谁看见百年人物复活或消散

如花怒谢　重生春天
如灯熄灭　渺如灰烟

石头忘了磨刀　草根吐露马蹄
所有的坟　像乳房一样温暖

庙　坝

走进你的油菜　走进你的庙宇
你的神话与天地戏台
走进你的春天　走进你的传说
你野性的利箭把金殿吹落

美酒在枯藤上浇灌血腥
勇士在泥土下埋没枯骨
阴阳与巫术　仿佛已经失传
富贵的鞋　贫贱的脚　一路踩熄阳光朵朵

为谁活着

花草为春天活着
病人为健康活着
日月为天空活着

后代为先辈活着
英杰为正义活着
战争为和平活着

宗教信徒　为彼岸或天国活着
共产党员　为终极追求活着
诗人　当然为诗歌活着

肉身温暖　心温暖　灵也温暖
骨头为山峰活着
精神为人格活着

散　记

满地蜜蜂起舞　茶树为我唱歌
爱情的七彩花朵　教我春天的武功
几节甘蔗像山泉淌过咽喉
乡村石头的风言　吹破牛皮鼓

下雨了　衣服湿了会病
请大家剪掉头发　免被淋着
身体是团走动的火
王家作坊酿制东北的苞谷

富贵的抽烟会咳嗽
平民的饮酒无酒毒
东皇庙里的罗汉比菩萨多
我认不出你是谁　谁是我

空镜子

女人变笔　乌龟变荞饼
水沟里有半碗水

一个梦　像一面镜子
照见蝴蝶的飞　不认识自己

真的汗　假的泪
像闪烁的流星滑过天际

红烛点亮芳香的婚床
结苹果的树透明地摇摆

发疯的花朵凋零
春天的血还未光临

谁人不是活着
谁人不是渴望地久天长

谁人不是死人
谁人不是正在死去

只要爱的墓穴传来咳嗽
蚂蚁和鸣虫就不会寒冷

泉

你的舞姿模糊我的眼
你的红烛吹熄我的唇
你的歌声染绿我的耳
你的笑容激荡我的心

头发上有人争吵
思维里有人奔跑
江河收捆燃烧的火把
海水包裹天空的寂寥

死去的人　骨灰爱骨头
土与血一起流淌
爱过的人　刀口开玫瑰
香飘坟冢与婚床

而我永远活着
以写下的文字呼吸昼夜

破碎的残简与驼铃

掩埋大漠的弯月与风沙

幻

指甲在戏台上跳舞
泪水在眼睛里唱歌
破碎阳光翻动死去的虎皮
镜子里窜出幽灵的口红

我看了又看　青铜刻下的字
仿佛开不败的花朵与鸣虫
我摸摸自己的心跳
听见星星淌过夜的河流

领　袖

普京缺乏睡眠
星星替他多睡些

富豪爱做美梦
蚊虫替他哼哼

奥巴马傲视太平洋
战机与航母穿行云海

那些岛屿　一群孤儿
淌出蔚蓝的海鸥与血汗

和平的龙　吞下月亮与落日
海礁碰碎浪花的歌声

大的星球　不过一只泪眼
小的诗人　母语磨穿创伤的时间

叹　息

鸟把天空操成大地
虎把森林当作囚笼
飞与咆哮　发出的声响
让盲人睁开愚鲁的眼睛

仰望的人住在云朵上
虎血流淌燃烧的力量
羽毛熄了　星光汇入黑暗
淹没落日与海洋

蛙　言

在语言的陷阱观天
青蛙叫亮星辰　岩石硬化爱情

处女的笑　玫瑰的血
花刺的情欲　污染美玉的枝叶

摘下花香　摘不下你的容颜
凋零吧　秋天的春意　黑夜的纯洁

网撒下海水　船板蹦跳星光和鱼群
鱼吃海水海吃鱼　人吃鱼和海的精液

波浪的风吹拂　海是鱼的大树
结满暗礁的隐喻　浮云的谜团

一动不动的海岸　起伏不断的峰峦
飘着落日的狼烟　埋下腐烂的刀戈　自由的蔚蓝

虚妄的话

坏的作者
有自恋自大自夸的雄心
好的编辑
有良知　审美与底线

飞鸟渴望天空　干柴滋养火焰
汗滴穿上心血的呐喊
晚霞的嫁衣　送走黄昏
乡村的炊烟　遥望从前

俯视阳光与山峰　冷雪与贫寒
一种虔诚的眼光　从江河寻觅海的骨头
从一叶嫩芽　发现爱美的星球
从自我看见众生的情思与闲愁

蚂蚁和大象　人一样小的命
象牙和米粒　白银和碎玉

无论高贵或卑微　皆为虚妄

黄金淌出光芒与泪水

太阳滴血

谁让太阳滴血
受伤的血　淹没天堂

谁让大地悲泣
哭出的泪　汇成江河

一只鸟从树窝起床
羽翅游弋云海的船桨

一头鲸　迷失汪洋
把沙滩当死去的婚床

空气弥漫金子的光芒
液态的阳光　点亮蝴蝶飞扬

春来了　飘逸的虹有霞彩的气息
虫鸣有蘑菇和青草的甜香

天亮　快乐的露水扑打脸颊

夜暗　蝙蝠带着宝石游逛

我在纸上漫步

笔下的灵感　消磨病苦与时光

蛙　鸣

早起或晚睡　碰见母亲也不会害怕
母亲已去世多年　老屋偶尔浮现慈母的亡灵

给河流治病　给石头疗伤
一百亩黄金的油菜　悲哀山峦贫穷的波浪

坟墓的面具　火焰的阶梯　骨灰的扫帚
死亡是重新干净地回到天上

萤虫冷寂的光　擦亮星辰的骨骼
天堂的房间　摇晃夜的草裙　穿着蛙鸣的绿衣裳

泥土梦

身体里的血　让一个人燃烧
他的走动　模仿树根的飞翔
就像鸟窝　等待绿太阳

熄灭的翅膀　在灰烬的河水流淌
饭香的炊烟升天上
飘逸的云朵　藏着新娘

火柴在暗夜滚烫
蝴蝶见枯叶忧伤
骨头抱骨头　沉入泥草梦乡

诗与梦

无论编写　诗歌都应安静
我在病院也写诗
如同有人在酒瓶里沉醉

诗歌让心柔软　理智和清醒
冰寒水　火热血
情感也一样　温暖而纯洁

谁能留住青春与时光
在思念的梦里　有人在背后摸我的头
应该是妈妈　亡灵的手

把星光留给黑夜

不为获奖写作　不拒绝获奖
表达自我与心灵　叩问虚妄与永恒

不管愿不愿意　溢美之词我会收下
努力靠近赞美　注定无法抵达

当下兽欲泛滥
堕落者升起纵欲的红灯

昏迷的岛国　王冠被污染
金子病了　穷人也贪婪

醉倒罂粟的好汉
饮下熄灭的火　燃烧的血

泡在血泊的剑　溺毙亡灵
有一股咸腥的酸味

大海的浪花　闻不到花香
看不清开谢　凝结银光与白雪

把生留给死　爱留给恨
馒头留给坟　星光留给黑夜

怀　想

像小时候　从背后蒙住妈妈的眼睛
我绕过母亲安息的坟头

像星光呼吸思念的尘埃
愿妈妈能看见我路途的悲喜

血　性

军人的血性　何必酒精点染
燃烧的酒杯　交错刀光剑影

枪口的愤怒　除了子弹还是子弹
枪口的沉默　除了心跳还有心动

空酒杯

酒水在血液里哭
汗滴在皮肤上滚
火焰在头发上飘
歌声在喉咙里吼

让河流改道天空
内心的思想扭曲肝肠
我爱空酒杯　饮醉残谱
头顶的太阳　燃烧着骨头

心　跳

北京　一座吃钱的城市　也吃穷人
胆小的赶快跑　射进廉价的草窝
一切尘埃空想　皇冠如云烟

小小的乡村　家与温暖
小小的街道　车流与喧嚷
小小的铜板与心跳　称量时光的重与轻

谣曲：风景

骨骸化灰　幽灵飞升
文字留下　谁的星辰

土地很旧　养育庄稼与新人
炊烟上树　村舍凝固永恒

耕牛的弯角挂着饮血的太阳
瓦房的眼皮挤出哭泣的沙尘

山狗吠月　中秋醉情
一轮圆满的饼　咀嚼轮回的湖河与天庭

蜜　蜂

花朵　春天的鞋
走进风里晃动

花香里采蜜的蜂
嘴角淌出嗡叫的甜汁

晨光下　凝视的野草
托起露水的纯与疼

咏　叹

阳光月色　昼夜长久
沙海漫漫　岁月苦短

人生注定悲凉　也要让悲剧发笑
承受病苦的意志　强过情欲和生殖

自杀的人　其实太看重自己
以为世界不配他活下去

不管了解自己　或误会自己
别太在意他人的毁誉

诗歌无法疗伤治病
但可安枕多情的心灵

诗歌在爱里死去
在死里萌芽　仿佛坟堆的枯骨

敲打的响　如同磷火
点亮生命的终极　满天的繁星

梦　诗

梦见干净的诗
来不及记录已苏醒

有人问　诗与你相比
谁更像诗人

人如其诗　诗如其人
人不如其诗　诗不如其人

诗人诗歌皆坦荡
诗歌诗人唱情思

沉默　最好的语言
最好的梦诗　没有答案

庄之蝶

今天的诗歌已从天界落入红尘
从神灵妙语沦为市井俗言

昨夜梦见庄周之蝶　忘了自己
睁眼闭眼　飘几片枯叶

赞　美

赞美的假牙　咬不动一根白发
星星和农民　玉米的爸爸

黑夜呀　情人的婚床
做梦的花蕊　枕着月的光华

春天你早

河流拍打鱼虾的河流
雪水数着草木的心跳

风拂动山川的忧郁
浅薄的浮云游荡

星星熄灭　太阳升
鸡冠淌血　黎明破晓

黑白翻滚　昼夜更替　诗句凋零
虔诚的苦行被诬风流

春天你早　鸟鸣爱花香　寺庙藏佛经
生活在人群　我只想做个人

尿　罐

我长相平凡　身心疾患
远我即可　何苦诋谩
倘若每个国人都美貌
中国岂不成美利坚

美无辜　也别轻浮
河流吐一串皱纹的气泡
我害怕美的浅薄浪漫
如同害怕自己不小心娶个尿罐

我　说

我说　人都要死
一个看见常识的人
并不意味是哲人或先知

我说没有爱
婚姻如同镜花水月
这话于我是对　于别人则未必

我说　病比药真　药比诗苦
一边养病　一边写诗
庸众诋毁　我超人的意志

我一个人梦呓给自己听
语言全是汉话
舌头不分昼夜

宗教关乎灵魂　艺术表现情感
无论救赎或净化
都是人类通往天国的必经之路

云与风

云在天上走来走去
有的哭出雨水　有的笑来云彩

风从云里刮跑灰尘
有的草露轻叹　有的蚂蚁哭泣

石头和石头　一动不动
脸上青苔剥下面具

水与河悄无声息
还没年轻就已老去

云与风相爱　龙与虎咆哮
乌黑的枪口　哑巴的沉默

森林奔跑的云朵　自由泣血的囚笼
追逐天空的高度　时间的怒吼

最快的风　最慢的云

宫殿留下落霞与趾爪

情 欲

人生注定悲剧
只是表现与意志不同而已

换了姓名与人物
重复万劫不变的命运

爱　人

衣服都想做爱了
我的皮肉还在麻木
心也没像花朵般敞开

把冰峰搬进霞彩的天空
眷恋尘世之欲的精灵
污染情思与白云

黑夜像只乌鸦　啼叫着大雪
月光从天上下来　碰响纯洁
我的婚床　像几粒融化的米粒

善待同类　就是善待自己
爱到不能再爱　也不放弃
爱人　因为我渴望这个温馨的名字

沉　默

从健康到病狂
有多少褒贬的舌头　磨亮世俗的毁谤

从名实到虚妄
有多少谎言的唾沫　淹没天真的诗行

从爱到恨
有多少露水的云烟　厌倦或憎恶

从生到死
有多少日出月落　花谢花放

天上的星　有白昼　也有夜光
人的繁衍　有圣洁　也有肮脏

无论骚扰或恋慕　我的冷不在意
忠贞的女性　雪山沉默的景仰

精　变

鸟鸣与星光在微笑
花朵与露水在哭喊

蝴蝶与彩云美得灿烂
心跳与血滴暖着躯干

河流细长的泪水
打湿村庄与炊烟

咆哮壮阔的大海
听见骨头的长叹

我躲在石头下面
精变的种子
伸出绿色的腰杆

幻　影

诗人冷寂　诗歌自有生命力
一根木凳心里嘀咕
红颜来了　灵感来了
不惹她　祸水怎会淹没你

饥渴的情欲　像干柴或沙粒
焚烧身体的骸骨　哽咽喉咙的呼吸
癫狂时写出着魔的诗句
火焰宣泄　留下如灰的幻影

误　会

远道而来的文友
给豆沙古镇带来渭水的风情

不饮酒的我以茶敬你
请不必介意

我赞美去年关中的火晶柿子
你说要给我寄一筐鲜嫩的甜蜜

见笑了　我若赞美大秦帝国
莫非你要给我送始皇帝

重阳诗

爱情是最坏的期待
期待是最好的爱情

不弃小草　厌自己的平庸
不渴火焰　要纯净的晨露

河里无鱼　水能钓什么
天上无月　夜起数寒星

你的诗不远　比酒走得久
我的心好烫　灼热野草和身体

神灵贪图世间欢爱　堕落为人
邪魔省察地狱罪孽　升居红尘

叩问永恒　石头感觉到虚无
触摸青铜　盲人是双重的黑暗

荒　原

刀锋下的头颅　草尖上的露水
蟋蟀叫亮灯笼和星天
飘摇的人生路漫漫
马背升起毡房的炊烟

亡灵的残霞　听见雨的雷电
行走的天空累出蔚蓝
飞翔的大海沿着鸟翅
划动心帆与眨眼的视线

枪口死了　陷入黑暗
子弹埋下落叶和羽毛
艳骨吹打皮肉　泥土洗白发辫
血液浇灌草根　燃烧荒原

情　语

我的眼睛看见你
眼睛也美丽

我的耳朵听见你
耳朵也幸运

露水吹拂花蕊
花香是天堂的皮衣

月牙泉抱紧沙漠
星光渴望雨滴

帆　影

鱼虾把自己制成潜艇
被海淹没　也淹没海水

海一直这么老　这么苦
羞涩的海燕　飞过甜蜜的云彩

天空和波浪　抹去礁石
贝壳的口哨　吹亮沙滩的星子

海带在脚下　帆影在空中
怀抱里的海　挤出蓝精灵的泪水

奢侈的爱情钻石　戴不上手指
液态的天空　吹送落日的黄金

虔诚的汉语　我的基因和居所
把家写纸上　心灵注满火焰与海水

诗与爱

遍地都是诗人
我只是写诗而已

遍地都是诗歌
我不认得字

不识字怎么做诗人
用声音和嘴唇

当我沉默
星夜都没有色彩

天空动了动唇
风刮走乌云和爱情

暗　语

露水唱响情歌
春风舔绿草叶

蘑菇升起炊烟
蟋蟀躲进碗里

蚂蚁搬运米粒
星空就是洞穴

蜜蜂与花朵初夜
把苍蝇踢下床去

噩梦醒来的早晨
彩云扑闪着蝴蝶

灵感召唤亡魂与神怪
时间倒流　空间地震

铭　刻

想明白一些事　写诗
想不明白一些事　也写诗

高贵的人　迷恋人生
卑贱的蚁　消逝洞穴

美人用妩媚诱惑爱情
政客用黄金治国　哲人用母语沉思

江河奔海　青草涌动草根
风沙扑灭月牙的泉眼

雪峰之上　蔚蓝浪迹天空
沉沦的落日　吞食霞彩

血腥的永恒　海的稿纸挂满星光
岩石孤独　内心诗句冶炼语言的骨灰

大 浩

百年老屋　像一个歪斜的老人
养着鸡鸣与猪豕　散落粪便与腐木的气息
一个脱贫的梦　植根在大浩的山岭

石头被命名为石头　水被命名为水
人被命名为人　其实没有人的命名
天空和大地都存在着　一样辽阔而寂寞

而我多么小　小过绿色的草根　白色的童贞
空气里看不见的幽灵　诉说癔病与幻听
许多想法比冰还冷　比风还轻

文 笔

奔马跑得快　快不过四蹄
追上炊烟　逃不脱草原

黑暗是月亮的影子　让所有影子融化
光明是太阳的骨骸　敲碎白昼的火焰

动情歌唱　牙齿吐出温润的珠玉
悲愤吟诗　诗句挣扎心灵的渔网

虚构的桃花　纸上凋血
拐杖的春天爬树　结出怀孕的果实

美化一个人　或丑化一件事
都不必太当假　也不必太当真

政客像势利的奸商
政治是另一种形式的买卖

宫殿之下　虫鸣点缀废墟的秃发
关上嘴　关不上彩霞　山峦与湖水

匍匐的众生　心中有神灵
庙里的和尚　呼吸香火与经文

落日　不过几粒风沙重复的幻影
何况皇冠　大风与权柄

创作无悔　汗水远离城市霓虹
思想疑惑　造化每为庸人设计

一生爱

幼年　乳牙爱上学语

少年　绿草爱上春意

青年　血焰爱上信念

中年　肉爱上油腻

老年　拐杖之骨爱上咳嗽

死去　骨灰爱上泥

风　点亮昼夜的爱

吹醒一生呼吸

草 根

草木丰茂　山峦叠翠　绿成海浪
星光飞翔　镶嵌天堂的蚊帐

从高处看下　江流牵动白云的线
溪洛渡的水盆　装着混浊的金江

声音柔软　碰响耳朵
我听见石头里有人歌唱

风吐出风　我吃下我
无用的诗歌　敲响铜币的慌张

寻觅爱人　要贞洁的露水
像鲁迅笔下的药　蟋蟀要原配

天上的金元宝　嘲笑人世的贫穷
孤单的心灵　温暖良善　远离邪恶

被幻听囚禁　与病魔搏杀的草根
生于春风　死于泥土

大地永在　流水皆为过客
马蹄踏响天上的落花与虫鸣

时光与爱

黑夜不需要阳光
太阳在胸膛　把人体变成白昼的光芒

年轻渴望成长　老了渴望年轻
人永远无知　死是另一种诞生

河流无声　吞吐星云
一滴水透明　赤裸我的婚姻

镜片上的花蕾　虚妄的配偶
爱是揉碎的玻璃　漏网的游鱼

口琴吹奏的音符　颤抖嘴唇与乐谱
升高的火焰　留下灰烬的残骸

树像一个人的骨头　在风中努力站直
走过冷冬暖夏　山顶编织祥云

你是女神　花开花谢都是情欲

我是诗人　诗里诗外难觅门铃

朝鲜美女

你的美自然　就好像一块甜饼
谁说制度会囚禁春天

三千里江山　埋伏多少红颜
路过的人　扯不断几多思念

你像一无所知的空气
吹蓝天与血暖

我透过屏幕看花
把家安在贪婪的眼

为情所伤的你　饥饿流泪的时候
我或许在写诗淌汗

苹　果

苹果从树上走下
逃进嘴巴深渊的口袋
胃的床上　躺着芳香细碎的爱

春天的牙　咬绿星光
枝叶梦见　溜进泥土的根
抓紧老奶奶乳房的叹息

疯人与幻觉

幻觉中　我变一只狂奔的猎狗
在追猎物　也在逃陷阱
我还变一只神鹰
把天空攥手心　云朵淌出闪电的汗粒
一只秃鹫　那是我的亡灵
撕咬血腥的尸肉　埋下天葬的兽欲

我是自然的产物　也是精灵的化身
我是落叶草根　石头沙尘
也是彩霞　蝴蝶　会飞的祥云
我短暂如露　如蚂蚁的小　如刀锋的疼
神也不会永生　老得比人年轻
人类看不透生死　看透生死的神不眨眼睛

断　想

30 岁前　想做登天的人才
而立后　奢望健康与药品无关

一群山狗吠叫
我置之一笑　狗能不咬人吗

一个我对另一个我说
无爱　何必结婚

月光真吵　把黑吵白
把绿星吵成融化的冰雪

称呼先生属于礼貌　何计真伪
山呼万岁也未必万岁

如果自觉圣贤　理当带一群弟子周游列国
何须对我指点迷津

聪明人把复杂简单化
愚鲁人把简单复杂化

有了睡　梦可以闭眼
有了醒　会说出看见

诗歌　高质量大情怀的晶体
关注心灵　永远不会生锈孤单

愿

一阵风刮过　星星都熄了
黑夜有人挖煤　搬运沙漠的骆驼如坟

树根淌月光　湖泊挂眼镜
石头遗忘咒语　巫师的油灯梦见神

有盐味的诗　住进汗水
少糖精的蜜　睡在花丛

老了　写自己的笑话
掉了的牙　重新长出来

死去　来世选择做蚂蚁
在洞口晒懒阳光

天空　躲在远方
小草　别踩着我

自　语

我能讲的　听众都懂　何必讲
我想讲的　我都没明白　能讲什么

诗人最好的自尊是出作品
理想的爱　忠贞的婚姻

渴望以汉字擦亮后世的眼睛
这有些虚妄　坚持就存在一种可能

恋爱的人　被海里的盐渴死
结婚的人　让黑夜生出星星

友谊是解渴的冰　充饥的米
从糟糠取出红颜的美酒

牙齿杀得枸杞泣血
滋养舌头与火种的胃

埋进血管奔驰的马车
吐出晚霞的炊烟与草地

浊与净

三十岁前　我爱偏执的深刻
爱极端之真　善与美
恨极端之伪　恶与丑
极端爱自己　爱癫狂的青春与良心

国人从未像今天这样富有和庸俗
江河从未像现在这样喧嚣和污浊
牺牲尴尬的英雄　恶棍狂欢
鲜血冻结冰块　神鹰哭泣

生前爱花草　死去以骨灰浇灌草根
生前爱锈痕的刀枪　和平的塑料纸鸢
生前爱发光的石头　黑夜枕着星空入梦
生前爱飞翔　鸟的羽翅囚禁眼眶

思想的海浪　扑打大海与夜光
温暖沙滩的贝壳　寒冷冰雪的死亡

雪莲推动天空　仿佛冰峰的月亮
月亮绽放湖泊　吻白银唇香

祈　愿

少年的心事像野花开放
看见灿烂的凋零
嗅到看不见的芳香

森林适合生长蘑菇与虫鸣
你是一棵白菜　就种在菜地
你是一座坟墓　就埋在山冈

美人　我的羔羊　在马背飞翔
牧鞭在手上　露水善良
草原说蒙语　刀在远方

乡村的幽灵或亡魂
护佑纯真的小孩
摔倒后爬起　不受伤

皇冠笼罩阴谋　枯骨孕育死亡
奔腾的江海　呼啸霞光

天空静谧　白云的扫帚吹熄风浪

身体里的病魔　因灵感而癫狂
如火焚烧　如空气虚无的我
祝愿文字留下　精神的亮

双胞胎

说相声的双胞胎
右嘴和左嘴自说自话
一个我与另一个我玩舌

你和你的表演　吸食众多眼球
快乐的风　刮动人潮的涟漪
耳边溜走串串笑声的气泡

释 放

写诗　可以愉悦自己
许不会荣耀神

神的荣耀　高处的星辰
谁会在乎露水般的流萤

追求精神生活　强调灵魂品质
即使落入地狱　也在救赎或上升

一辈人有一辈人的担当和嚣张
一代猪有一代猪的圈栏与食粮

抑郁或厌世　思维读心的病
有多少流言　误解与诋毁

一个人　需要一点牺牲精神
淌血的屠刀　磨砺繁衍与轮回

嘈杂的红尘　生殖野蛮而疲惫
错过伴侣的我　沉醉纯真与文明

想

群山起伏的时候
流水开始发抖

牙齿掉光那天
喝粥也要长寿

羊群咩叫着青草
露水洗白了星光

一言不语的石头
以沉默的坚硬　虚构不朽

所有的诗歌都有根须
云朵的稻田生长泥鳅

着火的骨头　落日的眼
照亮天空的黑暗与白昼

活　水

爱情于我如毒药
我不尝　也不知其味

生活比爱情大　诗歌比生活重
博爱如阳光的根须　上天的云朵

诗歌　灵智的文字游戏
像呼吸与食物　铸造人格与肉体

诋毁干净的神思与向往
卑贱与恶俗难容高贵

谁敢说为一方水土　添半分灵性与文气
纯粹的坚守　属心灵的觉悟

高楼让人矮小　矮小的我更矮小
乡村给我自然的蛮力　草野的气场

赞语会生锈　诗句会蒙尘

一切创造没有尽头　如自由的活水

心与爱

地下的草根手挽手
天上的浮云浪打浪

风刮风与灰尘
羔羊和星光要去何方

追逐落日的河流
梦想触摸大海的荒凉

雪峰像块冰糖
敲碎寒冷的北极光

神的眼眶
飞鸟和枪口　僵硬着翅膀

宗教的仁慈泯灭仇恨
自由的和平万寿无疆

这是江水和森林的长啸
这是针尖与血滴的较量

心跳之处　即是故乡
有爱之所　便是天堂

艺　术

艺术是一种自我救赎
灵魂自由　肉身禁锢

发疯的葵花　烧痛梵高的耳朵
精血的烈焰　煮沸油彩的幻觉

红橘的灯笼　照亮幽灵的坟冢
阴间也不迷路　渴望高峰的脚踵

后代的感恩与祭祀　如云轻浮
太阳扯碎天空的画布与音符

阳光温暖大地的根须
河水淌着母语的歌颂

艺术的白鸽　时间的伤口　骨灰的疼爱
遗失雷电的刀光　巢居拐杖的大树

恋

一些分行文字
很难说是诗　很难说非诗

一些熟悉的人
很难说爱　很难说恨

一些渺小的尘蚁
搬动米粒与洞穴　也搬动满天星辰

累死累活的坟墓　吞食草根与生命
咳嗽是露水与虫鸣

敲打白骨的月亮
火把熄灭后　燃烧晨曦

而我从公鸡的啼鸣里
握住炊烟的肉香　田埂的足音

和　尚

不仅要经文供养口舌
也要充饥的菜蔬米粮

刀在头顶剃度时
杀死多少青丝黑夜

泥菩萨流淌偈子咒
慈悲心点亮酥油灯

吃素的诗坛　几人住寺
煮沸的铁锅　豆腐称帝

天地山水　自然造化
生死轮回　悲欣交集

悟爱恨情仇　看善恶贤愚
镜幻空空　月亮的秃头上　星光隐匿

鸡年诗句

如果我是一只公鸡
我会啄痛天上的晨曦
血水里的霞彩与沉默
淌出幽香的花朵　岩石的伤心

如果你是一只母鸡
你会住进鸡笼
吃主人的玉米和剩饭
生出好蛋　坏蛋　笨蛋

黑天空流淌月光与阴影
白云涛翻动星辰与皱纹
一动不动的海　啼鸣的破镜
照亮自由的蔚蓝　童贞的鸽子

家

白昼是男人　夜晚是女人
天空的睡袋掏出日月星　三个小顽皮

白昼的男人　欲爱如爆炸的血焰
夜晚的女人　湿润如细叶的柳眉

树叶和鱼

焦灼的沙漠　你欲望没有渴死
水富的地方　我穷得没有爱情

星空摘下心跳的眼睛
群峰吹颤血脉的火把

你是一片叶　从春走到秋
把哭泣的生死　当成寂寞的轮回

我是一条鱼　游弋在金江的岩石
把所有的流淌看作皱纹

炒 作

炒作骆驼　不如炒作胡杨
生机的沙漠　有驼铃摇响月牙

炒作天空　不如炒作飞鸟
鲜活的羽毛　比风吹浮云可靠

炒作春草　不如炒作泉眼
一个美人易老　百个美人会冒气泡

炒作诗坛　不如炒作诗稿
一群疯人撕咬　不如几粒诗牙鸣叫

炒作黄金　不如炒作地皮
一个贪官落马　还有无数奸商在逃

炒作坟墓　不如炒作子宫
如影随形的生死　永远阴冷或美好

炒作英雄　不如炒作律法

英雄会消逝　法治社会公民有安保

炒作监牢　不如炒作自由

阳光的血绸　洗净尘世的心灵与暗礁

呓语十二行

取不了暖　柴生烟
点不亮灯　星星明

风吹　草动　露闪
虫鸣穿透迷雾和花眼

羔羊的话语　煮香奶茶
耳朵的冰雪　飘成飞絮

饥渴的沙　捧起月光的秀足
叮当的泉　染绿毡房的盐巴

木桶装心思　谁用它装水
诗歌吐珠玑　不如一碗米

所有睡着的人　仿佛死去
一切醒来的魂　埋下骨灰与幽灵

人的自语

不喜神化　不爱被妖魔
人就是人　自然和社会的精灵

创造是思维与手的奇迹
草原是辽阔与马蹄的挖掘

骨灰的云朵　抹风的胭脂
死亡的枯骨　与虫鸣相遇

脑的进化　归于劳动与血汗
一切如水平淡　如石无语

繁衍的本能　山花的情欲
燃烧草根　野火与坟茔

太阳诀别蔚蓝的父母
海之吻渴死人的昼夜

笼子里自由折翅

森林无语　鸟鸣仿佛天空的哭泣

红　尘

阳光驼背　捡一根针
河流弯腰　走数条线

洞穴的蚂蚁　背运米粒
大漠的星子　升起炊烟

月牙的镜面　吹老花朵的容颜
天空的细浪　笑醉白鸽的飞船

今世的雪峰　掠过雄鹰和云彩
我会在朝圣路上遇见来生前缘

诗歌与灵感飞翔
仿佛蔚蓝的海水变不完自己的脸

牛羊成群　酥油灯闪
佛的轮回　摇曳经幡

愚痴或灵慧　生死或昼夜

神往的天国　搬不走人间的苦乐与血汗

慨　叹

大地上行走的人群　像雨水渗入草地
发芽生根　与春吐绿　与秋枯黄

江河抱着琵琶弹奏流水
听懂的鱼是星光　听不懂的石头是虾米

闪电是天空的发卡　雷鸣是夜晚的梦语
白昼的镜片　捕捉蝴蝶的泳装

阳光从树上升起　暴徒在刑狱跪下
宗教的仁慈　洗净人心的污渍与喧嚷

子弹乱飞　像和平戴着假面具
自由的囚笼嘶鸣　鸽子从枪口熄灭

天堂染血　门没有家
钥匙听见锁的诱惑与伤疤

细　浪

从一首小诗读人的品格
从塑料花里觅女神的笑意
从一堆牛粪嗅干草的前世

诗人一生心血　汇成灵感的河流
有起伏的云朵　有破碎的虾鱼
更有时间的信念　诱惑蓝天与海水

冰峰的火焰

菩萨发大愿　拯救人兽鬼
把地狱和人间变天堂

云南移动　中国移动
地球和星空　都在移动

相对独立的人　走着血泪的坎坷
世上的幸福　不是主子　就是奴仆

伟大的梦想　没有尽头
如同天才的创造并非骷髅

谁捡起顽石　抛向天空
溅湿云朵与河流

童年如摧折的花草
来年春天也要吐蕾发芽

马蹄唤醒的草根　吹绿荒野
老岩手边的木头　长成大树

逃遁的蚂蚁　如消逝的晨露
洞穴如针眼　牵着游子的长路

所有的真善美　铸造诗意人格
纯洁的雪花　凝成火焰的冰峰

晚　霞

渴望堕落的艳阳
爱情无花　婚姻无果

以血当酒　浇灌心脏
天空捣碎路的晚霞

深处的白骨
埋葬春天与暴雪

月光的拐杖
伸向黑夜的苔藓

音乐在手指跳动
琴键捕食石头的耳朵

听见风声的人
皮肤掉下落叶与寂寞

宽 恕

从一个人身上发现人类
从一群人身上发现自己

装模作样的面具见多了
我摸摸自己的脸与眼

无论是谁　只要是人
总会以人的方式走完一生

满城金银珠宝　遍地行尸走肉
我并非和尚　早已四大皆空

万念俱灰的人　视冠冕如废铁
视美女如粪土　对生活却没恶意

有人嘲笑我的文字垃圾
他看不见垃圾堆里开放的草花

有人诋毁青苔的顽石
他听不清黑夜内心的纯洁

坟墓　死亡的阴影
胎盘　婴儿的船桨

花沉溺香气　水迷恋酒精
唇关上舌下的谎言与权柄

文　友

有人写点文字　喜欢听吹嘘
若说瑕疵　便不够朋友

不实的夸大　我会沉默
图书馆里的亡灵会哑然失笑

古往今来　文人众多
寰球中外　佳作绵延

你能怎样　你又能怎样
专心写作　不管锣鼓　掌声与唾沫

春来了

春来了　牧鞭在手心晃动
赶着炊烟的羊群
向天空流淌

春来了　美酒打湿歌喉
马匹跑进绿浪
乳房挤痛毡房

春来了　神躲在温暖里
捉住纷飞的花与蝶
我迷失在母语的诗行

春来了　爱的病菌滋生幻听
宁愿割下木头的耳朵
不愿血泊镜中的明月

春来了　安静的孤独多幸福

与其在春梦沉睡

不如把人生看作不醒的旅程

爱的圣洁

吵闹的花朵　流淌香气
哭泣的冰雪　掠过鸟羽

火焰　燃烧的血
丛林浸染阳光的精液

黑夜的骨灰　被狗咬碎
不败的追求　真善美的星

死去的人会复活
活着的兽已死去

镜子里沉没的落日
摇晃海的博大与迷醉

一片孤云　放牧天空
自由蔚蓝　爱的圣洁

感　悟

言过其实的吹捧
让人肉皮发麻　牙齿发痒

不着边际的诋毁
让我愤怒　暗笑又漠然

公鸡有天生的王冠
啼晓的黎明卑贱

真相被埋在假相里
美人也难过英雄关

政治巨头在想什么
三千里江山　种武器不种稻黍

面黄肌瘦的儿童
粮食才是爱你们的领袖

自我标高　可悲可怜
误会自己代表上天

始皇的万世黄粱梦
还没数到三　镜头就换了角度

精气神用于世间无谓的争斗
不如酝酿好文的美酒

大地上生长事物的宿命
无论人　云朵或冰雪　最终都要回到低处

无题八行

看美女图片　治疗单相思
网络如江河　我非虾鱼

一只手挡住眼睛与水花
一只眼握紧鼠标的子弹

海浪的掌心里
有凝固的海啸与云彩

天空的布匹　裹一轮红日
你的风咯血　刮过黄昏的峰峦

烦 恼

找个本分贤惠的姑娘
她美　不自以为美
她善　认为这很自然

美飘起来会虚荣
我是普通人
不愿娶难以捉摸的定时炸弹

汗多过泪　海大过盐
眼睛挂在眼眶
皮肤潜入伤心的天蓝蓝

众人的气场会干扰思维
我宁愿像树独处或冥想
也不要森林的失神与喧嚷

带着老童贞入了坟墓

泥土和青草许会知道

真的光棍　病苦一生　骨灰灿烂

害　羞

脚害羞　它穿着袜子
人害羞　他装进衣服

星如花开　路害羞
串起的脚印　把汗水踏成佛珠

我并非王者　一样孤独而坚韧
你并非皇上　怎可封我为王

虚名让人心慌　饥寒让人疯狂
热泪的文字　沾湿稿纸无红妆

无耻的贪腐　让道德与公平成气泡
自尊的老象　悄悄走进死亡的坟场

迷恋春天　不能征服一朵山茶
举起刀剑　饮血的头颅滚动霞光

你的脸红晕　仿佛爱情面具

剥下一层层皱纹　荡漾在蔚蓝的海上

石头煮海

心灵的空碗
盛酒是诗　盛水是饭
盛花是情欲的春天

写完诗句便放下
想不起夜的梦呓
下一首更重要　如同期望不值嘲笑

不写作的导师　最好沉默
闭上虚浮的唇齿
意淫可不是什么美德

都说女人是男人的衣服
我怎么穿上你
穿不上　我也没有裸体

马背驮走骨头的骑士
马嘴碰落清晨的草露

马蹄踏响路边的星辰

焦灼的身体　火苗的冰
夏天燃烧　冬天融化
摸不到爱情的门

霞光　天空的眉黛　快过落日的吻
少女在高处　婚床如云朵
飘来飘去的我　抱着煮海的石头饮血

春　雷

猴年第一声春雷
有几串雨点作陪

从花朵抵达果实
需要爱和秋天的疼

死去作家再伟大
我只能看作品

活着的作家
我除了看作品　还能看人

艺术嚼碎日常与庸俗
升华人的情感与精神

看黑白要一颗天真心
看人生要一种包容与悲悯

随　笔

文字是心灵自由的工具
情感是调节体温的游戏

乳房两个　坟墓很多
女人的土地　生人也埋人

深夜犬吠　咬痛多少漂泊的身影
不眠的梦睁眼　看不透自己的枕

冷寂的石头无生命
煮熟的鸟蛋不会飞

想在病之外　散发光热
那就神游写诗

白云朵朵　天空像干净的啤酒瓶
我孤独的嘴巴　饮下阳光与树荫

命

我像湖泊　渴望深沉与内敛
少一些波浪的轻浮与细烟

彼岸的宗教
稍不留神　会陷入迷信的泥淖

深刻的哲学
许会玄虚而枯干

飞鸟不知天空的高度
怎么测量仁慈的海

鸣虫磨砺刀锋的叹息
露水点亮夜空的灯盏

木棍与枪棒　相互为友
英雄或暴徒　以命相悬

我与我的搏斗叫人生
马与马的奔腾叫草原

你与毡房　女人的炊烟
乳汁的云　流淌彩霞的笑脸

我与病魔　雄狮与囚笼
自由的森林　咆哮落日的蔚蓝

野兽或顽石

神并非残缺
相对人的平庸与情欲
神的爱恨　日月悬天的陷阱

渺小的人　自诩大神
心里的海　从眼角溅落
白鸽的枪口里　吐出飞的和平

天空饮血　月光冰冷
晚霞的火把　沙粒化为灰烬
隔夜的石头　磨砺刀锋的啼鸣

现象或本质

北大硕士艳照敲诈
表明高校人文与道德的陷落

毕生为住房奔波
拥有住房的市民　仿佛多活一辈子

有人半生不娶　注定写诗清贫
这个人是谁　我不认识自己

喜欢看周公解梦
并不迷信　只为丰富心灵

不需要谁命令创作
以独立自由的精神　表现语言的游戏

倘无公平正义　一切皆为徒劳
智者何智　愚者更愚

有人脱内裤　有人摸献乳
低俗的本能　诗坛的糨糊

抛弃虚幻　激动与轻浮
眷恋理性　真诚与忧思

清洁的寺庙　寂寞的诗人
想说的话　留给佛与众生

虫鸣像诗人

什么也没写
何以证明你是诗人

许多阴暗龌龊的小人
怎能洗净荧屏的污渍

望一眼远山　看几眼网络
保护视力　如同迷恋风景

月亮落了　夜升起来
星光的诗句　绽放水井

敲打一块冰糖
舌下的月色真甜

嘴巴像一个黑洞
吸收宇宙的营养　消化万物

天地遨游的虫鸣

多像诗人　草丛抒怀

陶：哭或笑

你的哭比所有的哭悲伤
眨着不关闭的眼
仿佛门里走出太多愁苦
心跳是星星碰落的泪水

你的笑比所有的花枝俏
没有遗忘和衰老
花谢了　香还在
泉水的井冒春天的气泡

掏出牙　吻你的唇
摸出冰　冷我的话
不醉不醒　或哭或笑
以阳光的暖涂月色的陶

创　作

让万物附上魂魄
千万别等灵感

红的昼　黑的夜
笔尖下的血　创作的痛

爱到终点　不该是恨
恨的起点　怎会无罪

冰峰不会阻断鹰飞
春花不会与秋月共枕

庸才不必嫉妒俊杰
时间的露水向草根下跪

高处的真善美　远离枯骨
仿佛天国或彼岸　诱惑着命运

没有天才　污水淹没自己
没有天才　盐巴凝固大海

泥土包容一切　生命与情思
达达的马蹄　掀动骑手与草地

美丽的城堡

你的美貌是一座坚固的城堡
动起来像护城河流淌
笑起来像彩云欢叫

我像一粒红豆　烧烫相思
把白天滚成黑夜
也没摸到你的枕头和衣裳

爱

有人见我孤独
开玩笑给我配几个美女
坐飞机周游列国
但要放弃写诗　问愿不愿意

我说不愿意
给我做美国总统
白宫在手　妻妾遍地也不放弃
因我爱写诗的孤独　孤独地写诗

小　我

世俗虚名如同笑柄
我只爱自由而虔诚的表达

森林是不死的猎人
所有的枪口指向天空

难道太阳是血的伤洞
星光是绿的树叶

爱上花朵　春天已经不远
爱上海　盐粒已经升天

爱上窒息的夜　鼻孔浮云闪现
爱上眼泪　你已不哭

暴力淹没的牙
吐出血的火把

把嘴烧成空碗
装满玉米渣

男女相亲　因为性
如同影子　隐遁黑夜

如果死亡也会死亡
活着就是永恒

人靠劳动站立　靠思想行走
浪费感情的自己　做好小我就行

杂　感

美女蛇来了
我不是许仙
一朵江南的雨伞
比法海的光头亮

幻听与网络同虚妄
重复自我是一种必然
每天都有人离世
庆幸我还活着　在棺材外面

爱多孤独　恨多简单
活着戴着变形的脸
死去留下草冢的虫鸣
把露水叫成磷火的光焰

岩石的生命顽强而坚韧
包裹时间的青苔　水滴的长叹
给诗歌安上情思的钻头

在书籍报刊播种灵感

这世界足够荒诞

我要力争远离

而这本身就是荒诞

荒诞得让荒诞无言

玫　瑰

象征爱情的玫瑰　不属于我
人们带着玫瑰老婆睡觉　情侣玫瑰调情

玫瑰谷里的玫瑰　井蛙的欢笑和浪漫
没有情欲的玫瑰　注定提前凋零

玫瑰私语　蜜蜂听见春天的甜浆
石头哭叫　光棍的心灵挂着玫瑰的幻影

长刺的玫瑰　怕疼的人远离
摘花的手指沁血　像玫瑰散发腐烂的香气

玫瑰的亡灵　嫁给枯萎的原野
孤单的玫瑰　大美遗失的精灵

活着的玫瑰　火烫让人窒息
死去的玫瑰　投胎美人　来世为我的囚狱

最最最

不喝酒　都显醉态
最好的姿势与豪情

不读诗　都像诗人
最糟的面具与人皮

不舞蹈　都踩云朵
最贪的仙郎和织女

不拿枪　都淌鲜血
最隐秘的哀恸与忧郁

不牧羊　都挥皮鞭
最丑陋的人间悲剧

不恋爱　也不孤独
最疯狂的想象与瘾病

童话在人间　神话在天上

最年轻的可能夭折　最万寿的也许无疆

青铜的脸

写作是完善自我的行为
不挑衅谁　也不惧时间

仰望山峦　不诅咒自己草芥
面对神鹰　不渴求树窝掏蛋

每天轻松起床　入梦安然
半饥半饱的我　不冻不寒

轻佻的女星　夸张的表演
衰老时挖苦自己的皱纹和迂酸

不选美　何故嘲笑我的丑矮
不憎社会的病人　以诗当药解愁烦

世事纷扰　像地球人多色的皮肤和信仰
血迹斑斑　刀戈生锈　大漠冒烟

灵智的文字涂亮母语　模糊青铜的脸

心跳摸到数千年的伤疤与火焰

磷　火

肉身恋爱　繁衍后代
精神恋爱　孕育诗歌

肉身与精神都在腐朽
欲望与追求是挣扎的锁链

枯骨上有灵感的磷火
被夜风吹熄又点燃

虚构的话语

虚构年龄的人　对自身父母不恭
骚动的树　不会让春天寒心

玻璃堆起雪峰　远方冰块照明
枫叶飘成蜻蜓　蝴蝶在哪里

腐烂的骨头在坟墓
风吹的骨灰在草丛

花朵开疯婚床
情欲的蜜蜂变一滴滴露水

爱神的荒漠
潮湿的月光　散发泉眼的奇迹

阳光灼烧彩霞的肉体
我嗅到黄昏的灰烬　黑暗的香冷

孤独是不朽的虫鸣　野径也在苦行
诗歌眨眼　谁在泪光中触摸心灵的迷惑

囚笼打开　放飞鸣叫的羽毛　咆哮的兽皮
无声的空气　像咒语刮过精神的庙宇

石头静止　羔羊奔逃　牧鞭飞旋
一个影子　两本佛经　无数刀光刺痛时间的鹰隼

潮　湿

淌远的河流　能不能找到父亲
匍匐的小草　为何含泪忧郁

羽毛调戏刀枪　天空牧放祥云
愤怒的石头　把病苦压在内心

一首诗走远　一个人走近
时间的钟表　转圈的思维鸣响

爱情来了　春天离开
蜜蜂的珠玉　爬满静谧的月夜

花谢花开　草根不熄
红尘的轮回　仿佛火柴头的明灭

读史有感

粽子吃不完楚辞
龙舟赛不赢端午

你敢嘲笑司马迁
当心史册翻偏你的脖子

记石头　睡红楼
雪芹的文字比满清的辫子长

原创不需搬运　榜样何须仿效
草丛里的蛐蛐　碰见昨夜的露水叫

白骨醒了　敲打尘埃
几只枯叶的蝴蝶　看透得失荣辱　轮回生死

心　得

自己与自己捉迷藏
把我从我里找出来

睁开诗句的眼
把文字的灯点亮

你的美像凋残的瓦片
我的家里没有女人

我的心灵缺乏爱情
你花香的彩蝶呼吸祥云

当我和你拥抱
仿佛内衣错过短裤

当你和我亲吻
春草拂动清风的波纹

一切创造植根爱与梦

汗与阳光接地气　氧与男人抒情怀

冶　炼

一个人不会永远快乐　也不会永远悲伤
控制好自身情绪　比什么都重要

可以写诗　不做精神贵族
可以模仿鸟飞　不做羽毛

文学与其说需要小聪明
不如说需要大笨拙

行善的人　如水透明
星光是鱼虾的游魂

作恶的人　我不诅咒
神灵会给他教训

荞麦改种苹果
大地依然葱绿而焦灼

少妇在装嫩
处男的爱已衰老

遗忘耻辱的伤口　癫狂的血泪
让诗歌焚烧岁月　骨灰的美好

九行树

花朵为我跳舞　果实为我唱歌
一棵树为风站立
我坐树下　蛇一样快乐

树根下　蝼蚁和露水
树叶上　虫鸣与阳光
大树踩着枯骨云朵　我偷窃香花甜果

刀在天上生锈　剥夜的厚脸皮
时间磨亮月光　蝙蝠迷失蛛网
树上啁啾的翠鸟　把窝留给哑语的白昼

颂

挑剔别人的行家　难免自身的毛病
赞颂他人的口舌　难免唾沫飞扬

完美的现实主义者　怎么过精神生活
这世道　想想真有些可笑

单身的人　本分守拙
幸运的人　反倒无所顾忌

诗歌才能产生诗歌　文学才能孕育文学
水田才能播种稻米　神鹰才能啄食云朵

别太世俗和功利
诗歌要忠于心灵和人性

宫殿剧的皇冠顶不起日月下的江山
演皇帝的比皇帝还像皇帝

农民耕种　为了更多人活着
艺术与创造　努力实现人的价值与美好

自由的火焰　蔚蓝的燃烧
大海挖掘黄金的骨骼　灰烬的羽毛

江　湖

侠客奇招　比手雷威力大
武功盖世　天空斩下落日的草帽

枯井渴死多少黑夜与星光
头颅像青蛙在跳

刀口舔食红绣与血腥
柔软的爱　舌尖比利齿时髦

梦里吃东西　醒来饿南北
草丛鸣叫　露水与春色的暗器

草原走动马蹄与彩蝶
走动着蝼蚁的命　尘世的恩怨

风险浪急的江湖　仁者无敌
谁的一口气　泣鬼神　惊明月

暖与光

乌鸦恋爱　树窝是巢居的宫殿
太子大婚　点灯的草民鼓噪

星子的绿花　背走吱呀的乌篷
把河流走成串串温馨的云朵

冷漠的人　为孤独的江山悲伤
吉祥的火　吹动手指的峰峦与细浪

马匹挣扎草原　大海涌动蔚蓝
泥土与天空　都在竭力飞翔

豹子咆哮　枪口瞄准心脏
蝴蝶斑斓　折断落日的翅膀

沙跳跃　夜织网
漏网的鱼儿　剥下骨血的暖与光

这世上

春天或远或近
一年年又从头来过

草绿花开与我何干
羊群的美食　蜜蜂的家床

多年我制造数不清的梦幻
为顽强活过疾病与时间

主子的唾沫　也会让奴才欢乐
哈巴狗总爱撕咬君子的伤口

耻辱的血仍在淌　用刀止痛
小丑的舌头混淆谎言与毒药

穷病之思

世间事　太明了便乏味
不如半饮红酒　糊涂处世

与病魔的搏杀
仿佛身影纠结镜光

兰死不改香　尘扬如飞蚊
哑巴把黄连嚼出蜜糖

无奈的幻听　绝望的神伤
他人的猎奇　疑惑与笑料

历史的几页残卷　诉说尘封的哀怨
英雄难敌群氓　君子终归小人的败将

硝烟熄灭　村落草乱
血腥的刀戈　喊醒破败的城堡

江河狂奔　大海的日落
我听见骨缝里的闪电　蟋蟀的鸣唱

做一个诗人高贵而幸福
用爱穿越时空的孤寂与喧闹

草根沉醉春风的蝶舞
如同露水打湿传世的诗稿

心灵独语

真诚的虚构显才华
伪善的花招小技法

诗歌仿佛时间与情思的虚无
于我若怪诞的觉悟

远离人群属明智之举
免除癫狂的言行误伤贤良

弱者选择有水的山冈
繁衍与杂花　与轻风一起生长

强者当节制自身的能量
不让航母与核弹发出蓝光

海水泛滥　春天是你的少女
夜色弥漫　坟墓埋我的亲娘

汉字流淌　喂养血肉与骨头

野火不熄　星空无疆

杂 感

写作大于朗诵　诗歌大于生活
精神的力量　锤炼孤独和影子

握过许多手　数不清指头
走过许多路　靠的两条腿

天外天不算高　山外山不嫌远
诗歌的信徒　有视野与磨苦

太想当官　未必是好人
过分自恋　也未必算诗人

生病光棍有梦想　不爱婆娘爱姑娘
发疯顽石有异志　欲让阳光打飞鸟

樱桃猖狂半月　没吻少女的红唇
明天春来　渴慕妙语和欢笑

星汉灿烂　如草花盛开
眨眼瞬间　千年光明拥抱万年黑暗

落日入海　悲壮的永恒
波浪的错觉　蔚蓝不熄的誓言

祝福或祈祷

孕妇挺着幸福的肚子
向大众宣告　新一代婴儿快要诞生

天空般的男人　伸出云朵的手
握紧婴儿雷鸣的哭泣

毡房悄悄走过野地
缭绕着炊烟、羊群、祖先的笑语

马蹄溅飞蝴蝶与草绿
雨水串项链　黑狗吠老岁月的亡灵

诗人梦破　可以再梦
万不可走极端　毁灭自己

无论冷暖阴晴　都要像泥巴一样承受
一生荣辱消长　无非与海浪一起翻滚

奴才与狗　垃圾与诗

奴才的人有狗性
看见阔人摇尾　看见穷人狂吠

我的作品垃圾　你不必用眼睛打扫
何苦诋毁人格　恶语诗意

倘我说　你的配偶垃圾
女儿垃圾　全家垃圾

垃圾的你　也会惭愧
诗人愤怒　狗皮狗毛狗血

姿　态

幻听逗我玩　我玩自己的意志
给我泼脏水的女氓　像癞蛤蟆爬行地狱
恶语的荆棘　傻 B 的骚风　吹过乌蒙的岩石
吹过河流　惊飞鱼虾和涟漪

远小人与苍蝇　近山水与书籍
别为情欲磨刀　别为垃圾伤神
清洁灵肉与诗心　别为所谓的胜利
把自己弄得比女氓淫荡　比恶棍污秽

萤火虫

1

美不满足　花不厌春天
星空歌唱　埋伏舌头的火焰
成败荣辱　淡如灰烟
人性挣扎　灼烧命运的忧患

2

人是残缺　生活不完美
所以我写　我的文字也不完美
所以很多人写　努力让世界完美
而这仿佛徒劳　幸有诗歌存放灵魂

3

“人者，天地之心”
人心乱　人乱
人乱　天地乱
星坠诗焚　初夜的情欲泛滥

4

为时间写作　一种虚无的骄傲
时间空洞而无言
为知音写作　一种无奈的荒诞
当我是我唯一的读者

5

灵感的脑海扬波
淹没诗句的鼻子和眼
偷几块朦胧诗的冰糖
融化白水的梦与缠绵

6

当我写完一首诗
幻听里的幽灵也完成创作
语言是一个陷阱　思维的陷阱
哑巴掉里面　也会喊救命

7

若能与花朵谈情
何必对星空论诗
而我写诗像做爱
被强暴的女人是时间

8

真爱假爱来了
都会害怕和怀疑
我没听懂女人的芳心
见过女人谎言的嘴唇

9

访客动了动唇　我仿佛听见什么
幻听掩埋他无声的诉说
请允许我有芝麻大的情怀
牙齿掉了没事　脑袋不掉就好

10

随便一本书都可淹死我
我把每个人视作图书馆
狗不认识诗　它咬诗人
诗人靠诗说话　读诗即读心

11

汉字　审美也自省
没有文字　人类将更加缺憾
写什么比说什么重要
我看见辽阔的美，没见蝴蝶穿过针眼

12

美神残损的手臂

握住虚无与猜想

要珍惜和平与友谊

如同要爱子弹与苹果

13

枫树烧红晚霞

落叶是男是女

犬吠啄咬黑夜

井蛙吹灭星辰

14

你讽我嗜读杂志

我笑我书名数不过来

对花的耳朵说露水

对爱的嘴唇吐隐语

15

阳光是大地的孩子
青草妹妹　露水弟弟
在石头里游泳的我
心里藏着河流的隐秘

16

沙饮尽泪水　阳光嘶鸣
血染红月牙的泉眼
一只鹰刺痛天空
自由的飞是黑白交错的命运

17

花美到不能再美就凋零
风吹芳香灌醉彩云
甲虫唯美，柔弱而纯粹
心需要包容　博大　坚韧

18

残疾姑娘穿上裙子
假肢是行走的春天
强奸金钱的人
污染妓女的贞洁

19

把画笔放进心灵
美女才在画布上沐浴
把美女装进眼睛
泪洗净汗的裸体

20

屋内的尘灰　我写诗的灵感
垃圾袋里的果皮　水果剥下的嫁衣
诗神没有爱我　我恋着诗神
关河的水都浑了　我还没有结婚

21

孤独是囚笼里的困兽
咆哮撕碎影子
雪峰静静地移动
天空像一面高远的明镜

22

天空捉住飞鸟与云朵
我没捉住爱情与幽灵
南国缩放山茶与野草
晚霞与露水　追逐时间的心

23

头发缓慢生长　不像夏天的汗
理发刀比时间快
鞋丢了　脚还在
皱纹披在身上像衣衫

24

蝴蝶穿着裙子飞
彩霞遇上传染病
翅膀扇动天空
融化阳光的冰雪

25

水聚在一起开会　汇成河流
火聚在一起取暖　留下灰烬
星光的水珠　不渴死
红脸的太阳　不熄灭

26

大众的轻蔑　我不在意
缪斯依然弹拨动听的琴
诗歌逃窜我心
为这个拜金的时代默哀

27

冬眠的青蛙孕育蝌蚪
梦里的桃花丢了家
醒来的我捏着母语
把自己塑成泥娃娃

28

翅膀听见枪声　惊吓飞翔
羽毛轻盈起舞　吻伤阳光
我敲打诗歌的牛皮鼓
双唇像天空一样空荡

29

峭崖偏执　大地深刻
雷鸣是乌云滚动的石头
闪电是天空飞翔的河流
荒冢是枯死的庄周梦蝶

30

花谢花开　世间常态
生离死别　为何悲欢
露的衣裳　藏着透明阳光
花的香　吹进石头的鼻腔

31

人皮面具犯罪
混淆人和人皮
有狼披着羊皮
没剥下狼皮

32

欢乐时不唱歌会伤神
悲哀时歌唱更伤心
诗句是燃烧的火柴
哑巴是沉默的黄金

33

初吻让花溅落露水
她的一生是芳香的一生
掬起凋零的花魂
花瓣淹没了眼睛

34

狗吠落夜空的雪花
一片片把星星融化
老井涌现冰的火把
木桶里的春天吐出嫩芽

35

诗歌美化人与生活
人不能与诗歌婚配
我创作　因为我有梦
我有梦　所以我丢了爱情

36

看不见水　听见水的声音
没有女人　爱早已倦怠
我像一支迷途的利箭
失去了弯弓与靶心

37

把爱情想象成美好
或者把婚姻弄得草率
纯净的唇吻纯净的雪
融化的爱　打湿温暖的尘埃

38

鸟成为飞翔的石头
猎枪能击中什么
河流成为鱼的房间
呼吸是爱的自由

39

赞美像落叶委地
枯枝能抓住什么
诋毁的风刮了又刮
岩石不愿做尘土

40

看透太阳　天就黑了
看透自己　孤独就明亮
苦行的禁欲者
诗歌是发绿的星光

41

当白骨爱上白骨
它们的灵肉腐朽
当男女为爱去死
繁衍是永恒的复活

42

人生大戏台　离合悲欢
台上唱戏台下看
泥土鼓掌棺材
骨灰扮演虚无

43

阳光的暖拳头
捶打爱情红肿
河流感动流泪
花朵藏不住香

44

冰块给雪峰剪发
握住寒冷的月光
老鹰把天空飞成黑夜
星光熄灭死亡的灰烬

45

太阳在血泊坠落
梵高从葵花升天
感觉也是一种思想
灵感与诗意的艺术

46

潜入虎肚的空气
不是肠胃　就是虎崽
从岩石掏出星光
照亮屠刀滴血的晚上

47

白骨来不及发芽
化作春泥与月光
白骨磨砺的英雄
以锈剑和传说表示沉默

48

想脱光衣衫　大雪里洗澡
把冰块爱成火焰　冬天爱成初夏
想抱起花朵　露水里采蜜
嗡叫的婚床　春梦错过秋夜

49

河流向低处奔逃
扑进大海拥吻浩渺
雪峰向高处生长
云的头发扰乱天空的思想

50

世上匆匆来去的人流
每个人都有降生的缘由
有多少人与我本是同根
又有多少人因繁衍而永久

51

大风刮　像一群男女吵架
树掉光叶子　乱草熄灭火把
想说的话　剪断舌头
语言滴血　骨头发芽

52

子宫孕育的是同一颗种子
骨灰盒里的灰是同一捧灰
生与死　爱与恨　笑与泪
幻梦的真实　生命的虚空

53

黑夜听见花说出香气
看不见花的美丽
每一个我都会消逝
不能铭记爱　就把恨忘记

54

青春向往爱情
老人珍惜从前
死亡懂得未来
咀嚼去火的苦瓜　不厌病苦的黄连

55

泥鳅散发腥气　语言决定淘气
行为影响运气　意念左右天气
我与幻听里的外星人对话
不疯不傻岂能容易

56

萤虫怀孕　生下光亮
青蛙淌汗　喂养星子
人需要激动　死水需要石头
海需要盐巴　灵魂才不腐朽

57

大街上车辆像汗水挤在一起
它们把街道淌成河流
我的玻璃窗挂着太阳
阳光的蛋汤空气里荡漾

58

性不仅是生理差异
也是一种精神分裂
性的磁铁吸引男女
爱是情欲　恨也是情欲

59

不以人为中心　人才健全
向蜜蜂学习劳动　向青草学习弯腰
向风学习呼吸　向晚霞学习豹皮
向自然学习生死　向神学习爱恋

60

群山与河流扑向天空
天空昂首　雨水落地
广场上的人群　像庄稼等待收割
秋月是一把弯镰

61

想做妈妈的女孩都是好女孩
不做父亲的男儿都是大丈夫
我听见青菜与白菜吵架
锅里的螃蟹丢了海水

62

枪口浓缩天空的飞
一只鱼哭出一条河流
白鸽坠落的地方
浪花绽放云朵的故乡

63

帝王埋在泥土里
庄稼泡在风雨中
皇冠的奴仆是皇帝
江山的主人是血汗

64

诗人抒情　石头会感动
想飞的猪　没有翅膀
比脚长的是路
比山高的是天

65

花忘了香　诗厌了美
舌头和鼻子无言
天空送来阳光　温暖时间的手掌
拍打爱的忧伤

66

汉字是祖国　诗歌是母亲
爱就是朗诵、写作和远行
疾病磨快天上的屠刀
母语点亮万家明灯

67

星星逃到天上
夜的口袋装满炒豆的喷香
山寨铜锣敲响嘹亮的黎明
时间的漏斗滴下水声与红光

68

每个人身上都有邪灵
管好它你是天使，放纵它你是禽兽
我不想知道你们的秘密
愿幻听放弃对我的纠缠

69

一个人渴望堕落成畜类
谁也无法挽救
这个病人　这个女氓
用短信的恶语让我伤神

70

把你给我的短信
先给你父亲
如果允许　再发给我
若不允许　你吃了它

71

娶妻生子　性的游戏　神的旨意
繁衍是对衰亡的恐惧
若能写一首草色的民谣
可能是另一种永生

72

谦卑得头已着地
还有人诋毁你高傲如母鸡
一颗慈悲心有残缺
没受污染的或许是灵魂

73

雨水的笑，吓哭草尖的羊群
洱海的眸子含着风的伤心
关河藏着彩云和石头的咒语
萤虫累死夜空的虾鱼